Mortimer M. Müller

Faule Ladung

Was verbindet eine kaltblütige Halbelfe, einen selbstverlieb-
ten Stadtmagier und einen schiffstollen Klabauter? Klarer-
weise nichts – könnte man meinen. Zumindest nicht bis zu
jenem schicksalhaften Tag, an dem ausgerechnet ein dämo-
nisch verseuchtes Schiff im Hafen der Stadt einläuft. Als Kinder spurlos verschwinden und grässlicher Gestank die Bevölkerung in Schrecken versetzt, wird klar: An Bord des
Schiffes geht es nicht mit reifen Dingen zu!

FAULE LADUNG ist ein humorvoller Fantasyroman, der mit sa-
tirischer Zunge eine ziemlich faule Geschichte erzählt.

Mortimer M. Müller schreibt in den Gen-
res Thriller, Fantastik, Unterhaltung und
Satire. Daneben ist er begeisterter Sport-
ler, Waldliebhaber, Sonnenanbeter sowie
in den kreativen Bereichen Gesang, Film
und Fotografie aktiv. Hauptberuflich
arbeitet er als Waldbrandforscher an der
Universität für Bodenkultur in Wien.

Sein Kitzbühel-Thriller KABINE 14 wurde für den Friedrich-
Glauser-Preis 2014, Sparte Debütroman, nominiert.

Mehr Informationen finden Sie unter:
https://blog.mortimer-mueller.at

Weitere Romane des Autors sind in Vorbereitung.

MORTIMER M. MÜLLER

Faule Ladung

ROMAN

Bibliografische Information
der Deutschen Nationalbibliothek:

Die Deutsche Nationalbibliothek verzeichnet diese Publikation in der Deutschen Nationalbibliografie; detaillierte bibliografische Daten sind im Internet über
http://dnb.dnb.de abrufbar.

1. Auflage
© 2018 Mortimer M. Müller
Covergestaltung, Satz, Layout: Mortimer M. Müller
Autorenfoto: Carsten Neff

Herstellung und Verlag:
BoD - Books on Demand, Norderstedt
ISBN: 9783748165620

blog.mortimer-mueller.at

für Schmafou
damit er nicht schon wieder zu kurz kommt

Schmafou entdeckte es zuerst.

»Ein Schiff, ein Schiff!«, krähte er und begann wie ein Gummiball auf und ab zu hüpfen.

»Wo, wo?«, kreischten die anderen Klabauter im Chor.

»Da, da!«, plärrte Schmafou und deutete nach Südwesten.

Tatsächlich. Ein winziges Pünktchen war am Horizont des Meeres erschienen – offenbar ein mächtiges Kriegsschiff, vielleicht ein Drei- oder gar Viermaster.

»Es gehört mir, mir, mir!«, fiepste Schmafou und fing an Salti mortali zu vollführen, bis er dabei das Gleichgewicht verlor und kopfüber von der Mole in die tosende Brandung stürzte.

Den beiden uniformierten und vor Langeweile gähnenden Wachen am Pier war das Verhalten der Klabauter nicht entgangen.

»Scheint was Großes zu sein«, murmelte der eine, dessen gepflegter Vollbart im frappanten Gegensatz zu seinem glatt geschorenen Schädel stand. Die scharfen Linien des von Sonne, Regen und Sturm gegerbten Gesichtes zogen sich zusammen, als der Mann den Farbtupfen am Horizont fixierte. »Ich tippe auf einen faradayschen Schoner.«

»Ein Schlachtschiff der Ringlotten«, erwiderte der andere, dessen schulterlange Lockenpracht ein bartloses und deutlich jüngeres Gesicht umrahmte. Ein schelmisches Grinsen überzog die Lippen des Mannes

– im Gegensatz zu den ernsten Zügen auf dem Gesicht seines Gefährten.

»Niemals, Balthasar. Dagegen setze ich eine von Aurelias magisch entspannenden Massagen.«

»In Ordnung, Melchior. Mein Einsatz ist ein Krug Bier.«

»Feigling«, brummte der erste Soldat und trat nach einem besonders vorwitzigen Klabauter, der es auf die Schnürbänder seiner Stiefel abgesehen hatte.

Das Schiff kam rasch näher. Schon bald erkannte man, dass es sich tatsächlich um einen Dreimaster handelte – ein eleganter, schlanker, aus dunkelrotem Holz gefertigter Kahn, der mit voller Takelage geradewegs auf Mole Nummer fünf zusteuerte.

»Was zum Teufel macht ein Forschungsschiff der Elben in diesen Gewässern?« Melchior strich sich über den langen Bart.

»Ach was«, erwiderte Balthasar. »Das ist ein umgebauter Ringlotten-Kreuzer, ich hatte also recht.«

»Nein, du sagtest, es wäre ein Schlachtschiff.«

»Das ist fast dasselbe, Bruderherz.«

Melchior warf seinem Kollegen einen feindseligen Blick zu, zuckte dann jedoch die Schultern und seufzte tief.

»Also gut, Balthasar. Der Punkt geht an dich.«

Der Angesprochene grinste breit.

»Das will ich meinen. Wann kann ich Aurelias Zauberhände in Anspruch nehmen?«

»Jederzeit – sofern sie es gestattet.«

Balthasar öffnete den Mund, blieb allerdings eine Erwiderung schuldig, denn in diesem Moment wurden aufgeregte Rufe laut. Eine Gruppe Jugendlicher hatte sich am meerseitigen Ende von Mole Nummer fünf versammelt. Die Jungen und Mädchen stritten sich mit den Klabautern um die besten Plätze – wie im Schneegestöber segelten Dutzende kleine, quietschende Gestalten über den steinernen Damm in die schäumende See. Gleich darauf gab es einen gewaltigen Knall und die Menschenkinder ergriffen – heulend und völlig durchnässt – die Flucht.

»Lasst die Klabauter in Frieden!«, rief Melchior ihnen nach und verpasste einem der Wichtel einen Fausthieb, der meinte, er könne einen Apfel aus Melchiors Rucksack stibitzen.

»Etwas stimmt nicht.« Balthasar deutete auf den rötlich schimmernden Kahn, den nur noch wenige hundert Meter vom Rand der Mole trennten.

»Konkretisiere etwas. Irgendetwas stimmt immer nicht.«

»Ich kann an Deck keine lebendige Seele erkennen.«

Melchiors Augenbrauen wanderten nach oben. »DAS ist tatsächlich merkwürdig …«

Die Blicke der Brüder trafen sich.

»Sollen wir …?« Balthasars Hand rutschte wie von selbst auf den Griff seines Schwertes.

Melchior schüttelte den Kopf. »Nein, wir sollen nicht – wir müssen.«

~*~

Das Geisterschiff war noch zehn Bootslängen von der Mole entfernt, als die Verstärkung eintraf. Angeführt wurde die zwanzigköpfige Schar von Leutnant Leonys Federzunge, einer schlanken, blonden Halbelfe, deren grasgrüne Augen blitzten wie geschliffene Smaragde. Obwohl sie bereits auf die Fünfzig zuging, sah sie aus wie fünfundzwanzig. Wären der eisige Ausdruck auf ihren Zügen und die Narbe an ihrer Wange nicht gewesen – und hätte man die dunkelrote Feuerrüstung, den feindselig summenden Drachenhelm, das gebogene Harakiri-Schwert und die mit Werwolfsehnen verstärkte Götterarmbrust ignoriert – hätte sie ebenso gut die strahlende Prinzessin aus einem Märchen sein können. Jedenfalls war sie die einzige Soldatin in der Stadt, die es bis in den Offiziersrang geschafft hatte – manche munkelten, mit vollem Körpereinsatz.

»Ein modifizierter Kreuzer der Ringlotten, möglicherweise in Elbenbesitz und ohne sichtbare Besatzung, nähert sich uns aus …«, erstattete Balthasar Bericht, wurde aber von seiner Vorgesetzten unterbrochen.

»Das sehe ich selbst«, sagte Leonys kühl. »Irgendwelche brauchbaren Informationen?«

»Sie segeln gegen den Wind.«

»Ach. Das ist euch tatsächlich aufgefallen, Balthasar Sternsinger?«

Der Hohn in Leonys' Stimme war nicht zu leugnen. Dennoch straffte eine Woge aus Stolz Balthasars Brust – Leonys Federzunge kannte seinen Namen!

»Selbstverständlich.« Der junge Hafenwachmann reckte gockelhaft den Hals. »Und obwohl das Schiff in wenigen Augenblicken die Mole erreicht, steht es unter vollen Segeln.«

»Nicht mehr lange.« Melchior deutete auf das Meer hinaus. Wie von Geisterhand bewegt begannen die Reffe zu arbeiten, falteten sich Vor- und Großsegel zusammen und lösten sich surrend die Schoten.

»Wenn es das Tempo beibehält, können wir trotzdem nur noch die Schiffstrümmer aus der Brandung fischen«, brummte einer der Soldaten.

»Ich setze zehn Silberlinge, dass das Schiff von Ogern gekapert wurde, die alle an der Blutpest krepiert sind!«, brüllte ein anderer.

»Da halte ich dagegen«, rief ein dritter. »Es sind Banshees aus den Toten Landen an Bord!«

»Ruhe!« Leonys warf grimmige Blicke in die Runde. »Schilder nach vorn, macht euch kampfbereit. Achtet auf Feindfeuer und Trugbilder.«

Das Schiff brauste in solch vollkommener Stille heran, dass man hätte meinen können, es schwebe auf einem unsichtbaren Teppich über der Wasseroberfläche. Der Dreimaster erreichte den Beginn der Mole ohne Anstalten zu treffen, sein Tempo zu verringern. Nun konnte man auch den geschwungenen Schriftzug erkennen, der den Bug des Schiffes zierte: *Nostromo.*

»Rag'nar Rôek«, raunte Melchior verhalten, sodass nur Balthasar ihn verstand.

Die Balken des Schiffes knirschten und knackten, als der Kahn innerhalb weniger Augenblicke seine Geschwindigkeit auf null reduzierte. Taue flogen über die Reling und wanden sich wie Schlangen um die Anlegepfosten, gleichzeitig rutschte der Laufsteg in zittriger Behäbigkeit vom Schiff und knallte mit einem unnatürlich lauten *Klong!* auf den Damm.

»Zauberei …«, hauchte einer der Krieger.

»Ach nein«, fauchte Leonys. »Macht euch lieber nützlich und schickt nach Amar. Ich denke, dass wir seine Hilfe benötigen werden.«

Der Soldat nickte und stürmte davon. Offenbar war ihm jeder Auftrag recht, selbst wenn er in die Behausung des exzentrischen Magiers führte, solange er auf diese Weise der Nähe des verhexten Schiffes entkam.

»Sieht böse aus«, konstatierte Melchior und wies in Richtung des ausgefahrenen Laufstegs. Eine Horde Klabauter hatte sich davor versammelt. Aber anstatt wie üblich johlend auf das Schiff zu stürmen, starrten sie unschlüssig die Planken empor.

»Sieht sehr böse aus«, meinte Balthasar, als sich die Klabauter wie auf ein unhörbares Zeichen hin umwandten und kreischend das Weite suchten.

Leonys reagierte sofort. »Wall bilden, Lanzenträger nach vorn, Bogenschützen in Bereitschaft!«

Die zwei Dutzend Männer und Frauen entwickelten rege Betriebsamkeit und formierten sich zu einer Mauer aus glänzenden Rüstungen und scharfem, funkelndem Stahl.

Sekunden später schlief der Wind ein und gespanntes Schweigen senkte sich auf die Gruppe herab. Ein Schwarm Möwen flog krächzend über sie hinweg, ein großer Werfisch erhob sich einige Meter entfernt aus den Fluten und zwischen einem Haufen loser Taue erschien das glupschende Auge einer Brandungsschnecke, die mit ihren rot pulsierenden Fühlern …

Ein gewaltiger Knall ließ alle zusammenzucken.

Schallendes Gelächter hob an. Zwei Burschen und ein junges Mädchen hatten sich weiter draußen am Damm unweit des Laufstegs zum Geisterschiff hinter leeren Fässern verborgen gehalten. Einer der Jungen hatte einen Donnerfisch zertreten – schimmernde Luftblasen stoben in alle Richtungen davon.

»Schnappt euch diese Bälger!«, brüllte Leonys und deutete auf zwei ihrer Untergebenen, die sich prompt in Bewegung setzten.

Die Kinder verstummten, warfen sich unschlüssige Blicke zu; und stürmten dann direkt auf den Laufsteg des Schiffes zu.

»Nein«, sagte Melchior.

Balthasar warf seinem Bruder einen irritierten Blick zu. Es war etwas in diesem einen Wort gewesen, das ihn stutzig werden ließ. Eine Empfindung, die er in dieser Form nicht von seinem Bruder kannte: Furcht.

Melchior sprang vor, stieß die beiden marschierenden Soldaten beiseite und eilte der Mole entlang auf das Schiff zu.

»Kasper!«, rief er verzweifelt und Balthasar erkannte erst jetzt, dass einer der flüchtenden Jungen der Sohn seines Bruders war.

Doch der Bursche reagierte nicht, warf keinen Blick zurück oder zur Seite, sondern spurtete hinter dem Mädchen und dem zweiten Knaben über den Laufsteg auf das Schiff. Er sprang über das Geländer und gelangte außer Sicht. Melchior fluchte ungehemmt, ignorierte Leonys' gebellten Befehl »Halt!« und stürmte noch schneller voran. Balthasar überlegte, seinem Bruder zu folgen – doch bevor er den ersten Schritt setzen konnte, spürte er den festen Griff einer feingliedrigen Hand auf seiner Schulter. Leonys schüttelte den Kopf und warf ihm einen durchdringenden Blick zu, der jeden Widerstand im Keim erstickte.

Ein dumpfer, dröhnender Laut ertönte, wie der einsame Schlag eines gewaltigen Herzens, dann wurde mit einem Ruck der Laufsteg auf das Schiff zurückgezogen. Melchior, der das Boot soeben betreten wollte, musste mit rudernden Armen um sein Gleichgewicht kämpfen, um nicht kopfüber ins Meer zu stürzen.

Ein gellender Schrei hallte über das Wasser. Es war ein Laut, entrungen aus Todesangst, der Balthasar einen eisigen Schauer über den Rücken jagte.

Ohne Zweifel war es ein Junge, der schrie.

Als der Schrei verklungen war, herrschte für einen Moment atemlose Stille.

»Bitte nicht«, murmelte Leonys, deren Gesicht merklich an Farbe verloren hatte.

Balthasars Meinung nach hätte die Halbelfe ihre Situation durchaus treffender beschreiben können: Ein Schiff, von dem sie weder Besitzer noch Herkunft kannten, lief ohne Mannschaft im Hafen ein, wurde von einem unsichtbaren Zauber gesteuert, verjagte selbst die gewöhnlich unbeirrbar schiffsgeilen Klabauter – und schien nun damit begonnen zu haben, Kinder zu fressen.

Zu allem Überfluss waren die Ereignisse der letzten Minuten nicht unbemerkt geblieben. Hinter ihnen hatte sich eine hundertköpfige Menschenmenge versammelt, die aufgeregt tuschelte und den Rumpf des Schiffes mit nervösen Blicken bedachte.

Unvermittelt löste sich eine Frau aus der Gruppe und stürmte auf die Mole zu. Auf einen Wink Leonys' vertraten ihr zwei Soldaten den Weg.

»Maureen!«, schluchzte die Frau und schlug verzweifelt um sich, konnte aber nicht verhindern, dass sie die Krieger an den Armen packten und zurückhielten.

»Das Mädchen war ihre Tochter«, flüsterte einer der Soldaten. Seine Wortwahl ließ keinen Zweifel daran, welches Schicksal das Kind seiner Meinung nach erfahren hatte.

Balthasar erinnerte sich an seinen Bruder, wandte sich um – und legte verwundert den Kopf schief. Gerade noch hatte Melchior dazu angesetzt, über eines der Schiffstaue auf den Dreimaster zu klettern; nun allerdings befand er sich wieder auf der Mole und rannte auf ihn und die Gruppe Soldaten zu. So wenig Balthasar es auch glauben konnte, aber der Ausdruck auf dem Gesicht seines älteren Bruders grenzte an nackte Panik.

»Was riecht denn hier so seltsam?«, fragte einer der Soldaten und blähte die Nasenflügel.

»Ist ja ein richtig grauslicher Mief«, meinte ein anderer.

»Könnte das von dem Schiff …?«, begann ein dritter, brach mitten im Satz ab und riss die Augen auf.

Jetzt nahm es auch Balthasar wahr, der von Natur aus mit einem außerordentlich schlechten Geruchssinn gesegnet war. In seinem letzten klaren Gedanken stellte er sich die glorreiche Frage, wie etwas nur derart entsetzlich stinken konnte.

Zur selben Zeit klopfte es an der Tür des Scherbenturms, der am Rande der Stadt auf einem kleinen Hügel stand und aussah, als wäre er aus Hunderttausenden perlmuttfarbenen Muscheln erbaut. Dalail Amar, der bierbäuchige und aufgrund misslungener Selbstversuche völlig haarlose Stadtmagier, hauste darin und war soeben damit beschäftigt, einen Trank zur Steigerung der sexuellen Lust bei Heinzelmännchen herzustellen.

»Herein!«, dröhnte er mit gereizt klingender, künstlich verstärkter Stimme. Der Besucher sollte merken, dass er ungelegen kam.

Die Tür öffnete sich und ein junger Soldat trat in den Raum. Er näherte sich Dalail bedächtig und unter zahlreichen Verbeugungen.

»Eure Exzellenz«, wimmerte er und senkte sein Haupt noch tiefer, sodass seine Nase in die zentimeterhohe, feine Staubschicht des Fußbodens tauchte.

Dalail verkniff es sich, dem Krieger zu befehlen seine Füße zu küssen, und erwiderte gemessen: »Was ist euer Begehr?«

Statt einer Antwort donnerte ein gewaltiges *Hatschi!* durch den Raum, welches den Zauberer dazu veranlasste einen erschrockenen Satz rückwärts zu machen – wodurch er um ein Haar die Karaffe mit seinem Intimenthaarungsgebräu verschüttet hätte. Als der Soldat abermals zum Niesen ansetzte, vollführte der Magier eine ärgerliche Handbewegung und der Krieger entspannte sich.

»Danke, euer Hochwürden«, murmelte der Soldat und zog die Nase auf.

»Was gibt's?«, blaffte Dalail und verzichtete damit auf sämtliche weitere Floskeln.

»Ein Schiff …«, der Söldner atmete schwer, »… hat im Hafen angelegt. Ohne Besatzung und offensichtlich von einem unbekannten Zauber beherrscht.«

Dalail erwog sämtliche Alternativen, wie er den heutigen Nachmittag verbringen konnte: Verbesserung seiner Tinktur zur Enthaarung von Männerhintern; Einfangen eines entlaufenen Gogo-Trolls; Abtreibung des Inkubus-Bastards einer 15-Jährigen. Nein, ein verwunschenes Schiff klang eindeutig am interessantesten.

»Gut, ich komme«, sagte er und griff nach dem Beutel neben sich. »Sobald ich mit der Maniküre meiner Nägel fertig bin.«

Aber das sagte er nicht laut.

~ * ~

Der Gestank strömte aus dem Schiff, umfloss es in pulsierenden Bewegungen wie ein hundertarmiger, hungriger Krake auf Beutejagd. Zischend schickte er seine stinkenden Fangarme hierhin und dorthin, in immer größere Entfernungen, auf der unbarmherzigen Suche nach lebendigem Frischfleisch.

Die Menschen der Stadt flohen vor dem Gestank, der an ein potenziertes Gemisch aus Ogerkot, verfaulendem Koboldsgedärm, verwesendem Teufelsfisch und pasteurisierter Schlurm-Spucke erinnerte. Er war so durchdringend, dass er den Geruchssinn betäubte und grenzenlose Übelkeit sowie einen qualvollen Hustenreiz hervorrief. Binnen weniger Minuten waren sämtliche Gebäude im Umkreis von zehn Häuserblocks zu Mole Nummer fünf verlassen.

In zweihundert Meter Entfernung war der Gestank noch immer grausam, aber zumindest verursachte er keine Panikattacken und Bewusstseinstrübungen mehr. Die Soldaten waren nur so weit zurückgewichen, wie unbedingt nötig – oder wie es Leonys gestattet hatte, die mit dem grässlichen Aasgeruch am besten zurechtkam.

Balthasar hatte nur dank seines Bruders überlebt. Wie bei den meisten anderen war der Wahnsinn mit ihm durchgegangen und er wäre in die schäumende See gestürzt, hätte ihn Melchior nicht im letzten Moment zurückgerissen und von der Mole gezerrt. Doch nicht allen Kriegern war das Glück hold gewesen. Zwei Söldner aus Leonys' Truppe waren in der allgemeinen

Kopflosigkeit vom Hafendamm gestoßen und von den Meereswogen verschlungen worden. Ein weiterer hatte sich auf seiner Flucht den Schädel an einer Hauswand eingeschlagen. Die Schreie um sie herum ließen deutlich werden, dass es auch unter der Bevölkerung Opfer zu beklagen gab.

»Wir müssen …«, Leonys hustete und verzog angeekelt das Gesicht, »… auf Amar warten, bevor wir weitere Maßnahmen setzen. Diesem Gestank wohnt ein mächtiger, böser Zauber inne. Zwei von euch halten hier Wache, zwei weitere auf der anderen Seite der Mole. Abgelöst wird jede halbe Stunde. Sollte auch nur die geringste Veränderung eintreten, will ich umgehend informiert werden.«

Als niemand Anstalten erkennen ließ, sich freiwillig für die erste Schicht zu melden, deutete Leonys auf vier ihrer Krieger – und übersah dabei Balthasar, der sich rasch hinter die Reihe Soldaten duckte.

»Die Übrigen kommen mit mir«, fuhr Leonys fort, wandte sich in Richtung Stadtzentrum und ließ Mole Nummer fünf hinter sich.

Schon als Dalail Amar den Scherbenturm verließ und sein Blick den Hafen und das fremde Schiff sondierte, fühlte er die Anwesenheit einer dunklen Bedrohung. Da er eine solche aber andauernd verspürte, bekümmerte ihn diese Empfindung nicht besonders.

Dalail strich sein besticktes Seidenhemd und die bunt karierte Leinenhose glatt, klemmte sich sein Kosmetiktäschchen unter den Arm, griff mit der anderen Hand nach seinem gewundenen Gehstock und wanderte den Hügel hinab auf die Stadt zu.

Wehmütig dachte er daran, wie weit – nämlich fast zweihundert Schritte – die ersten Gebäude von seinem Scherbenturm entfernt lagen. Er sollte endlich eine Art Seilzug erfinden, mit dessen Hilfe er ohne körperliche Schwerstarbeit sein Einsatzgebiet erreichen konnte.

Ein breites Grinsen erschien auf Dalails Gesicht. Er wusste auch schon einen angemessen hochtrabenden Namen für diese Konstruktion: *Selbsttätige Menschenseilbeförderungsanlage.*

Genial!

Schmafou weinte bittere Tränen. Das war einfach nicht fair! Es wäre SEIN Schiff gewesen! Er hätte das Kommando besessen – über einen wunderschönen, in der Sonne wie frischer Paprika glitzernden Ringlotten-Kreuzer.

Der Klabauter wischte sich die silberfarbenen Wassertropfen von den Wangen, die sich noch im Fallen in schimmernde Perlen verwandelten, und schniefte so laut, dass ihn selbst seine Artgenossen am anderen Ende des Hafens hören und bemitleiden mussten.

Schmafous Blick suchte das Schiff, das einige Hundert Schritte entfernt völlig regungslos und unschuldig in der Brandung ruhte. War es unbedingt notwendig, dass der Kahn von einem Furunkel besetzt war? Der erste in diesen Gewässern seit mehr als hundert Jahren, wenn man den Erzählungen der Ältesten Glauben schenken durfte. Zwar war es theoretisch möglich, den Furunkel von seinem Schiff zu vertreiben, aber dazu hätte er die Hilfe eines Menschen benötigt. Dummerweise lautete eines der ehernen Klabautergesetze: *Lass dich nie mit Menschen ein, sie sind groß und wir sind klein, sie sagen ‚Ja!' und meinen ‚Nein!', sind voller Tücke und kalt wie Stein – d'rum merk es dir und präg's dir ein: Der Mensch, der ist das größte Schwein!*

Schmafou warf unauffällig einen Blick in die Runde. Die meisten seiner Verwandten hatten sich am Rand des Orakelfelsens versammelt und diskutierten quiekend und fiepsend die Ereignisse der vergangenen Stunde. Ein paar waren damit beschäftigt, einen neuen Rekord im Ringelreigen aufzustellen. Andere jagten mit jungen Seemöwen am Strand entlang oder balgten sich um schleimige Algenkrebse – aber das Wichtigste war: Niemand achtete auf ihn.

In diesem Augenblick fasste Schmafou einen waghalsigen Entschluss. Es war sein Schiff, es gehörte ihm – und er würde es zurückholen, koste es, was es wolle!

Obwohl die Sonne ihren Tageshöchststand noch nicht erreicht hatte, war es im *Torkelnden Pony* so voll wie schon lange nicht mehr. Das Wirtshaus war eine der größten Herbergen in der Stadt und besaß mehrere Schankräume, dennoch platzte es aus allen Nähten. Offenbar hatte sich die Nachricht des mysteriösen Schiffes in Windeseile herumgesprochen – oder eher herumgerochen.

Leonys verzog die Lippen, als sie das Lokal betrat. Menschenansammlungen waren ihr immer ein Gräuel gewesen; ein Erbe ihrer elbischen Mutter, die sich wie die meisten Elfen in der Nähe von menschlichen Zusammenrottungen unwohl fühlte.

Der ohrenbetäubende Gesprächspegel in der Schenke reduzierte sich auf ein Flüstern, als die Gäste Leonys und ihre Soldaten bemerkten. Die Halbelfe verhielt ein paar Sekunden, damit jeder im Raum ihre dunkelrote Feuerrüstung, den feindselig summenden Drachenhelm und das gebogene Harakiri-Schwert wahrnehmen konnte. Ihre mit Werwolfsehnen verstärkte Götterarmbrust hatte sie draußen abgestellt; die Waffe hatte die Angewohnheit, bei großen Menschenaufläufen ein schauriges Wolfsgeheul anzustimmen.

Die Lokalgäste wichen tuschelnd zurück, als sich Leonys mit festen Schritten der Theke näherte.

»Wir benötigen diesen Raum für uns allein«, sagte sie mit energischer Stimme, sodass ihre Worte in der gesamten Gaststube zu vernehmen waren.

Wie Leonys gehofft hatte, waren keine weiteren Erklärungen nötig. Einer nach dem anderen erhoben sich die Gäste und verließen den Raum.

Die Krieger bestellten eine Runde Bier und unterhielten sich mit gedämpften Stimmen über die jüngsten Ereignisse. Indessen verliefen die Gespräche äußerst einsilbig. Der grausame Gestank des Schiffes beeinträchtigte nicht nur den Verstand, sondern wirkte sich auch auf die körperliche Fitness aus. Leonys' Glieder fühlten sich an wie von Stahl ummantelt und sie musste achtgeben, dass ihr nicht die Augen zufielen.

Ihre stark beeinträchtigte Gemütsverfassung verschlechterte sich weiter, als ihr Blick auf eine von Amars Entwicklungen, eine Zeitenzeigmaschine, fiel, welche prominent über dem Kaminsims thronte. Wenn der Magier nur halb so verlässlich wäre wie seine Erfindungen, müsste sich die Stadt nicht mit solch lächerlichen Problemen wie entlaufenen Gogo-Trollen und Inkubus-Bastarden herumschlagen.

Verfluchter, egozentrischer Zauberer, dachte Leonys und leerte den Krug Bier in einem einzigen Zug.

Dalail schnüffelte prüfend, als er in die Gasse zum Hafen einbog. Es roch eigenartig und alles andere als wohltuend. Ein übler Gestank hing in der Luft, der den bereits wenig erfreulichen Odem aus verdreckten Abwässern, ungewaschenen Menschen und verwesendem Fisch überdeckte.

Igitt, konstatierte Dalail und wandte sich um. *Das Schiff wird warten müssen. Jetzt brauche ich erst mal ein Bier …*

~*~

»Wad has' du?«, fragte Gorgonzola, der Anführer der Klabauter, und kratzte sich am Hinterteil.

»Ich …«, Schmafou schniefte herzzerreißend, »… bin sooo traurig.«

»Wi'd scho wieda wean«, beruhigte ihn Gorgonzola und blickte auf das Meer hinaus. »Dad nächste Schibb kommd sicha bald.«

Schmafou schluchzte nur noch lauter. »Aber es wird nicht meins sein! Das kann sooo lange dauern. Ich bin ja sooo unglücklich. Ich glaube, ich muss ein paar Tage auf der Scherzinsel verbringen, sonst werde ich nie, nie, nie mehr lachen können …«

Gorgonzolas riesige Augäpfel begannen in ihren Höhlen zu rotieren. »Bis' du di' ganz sicha?«

»Ja«, greinte Schmafou. »Es geht nicht anders.«

»In O'dnung.« Gorgonzola tätschelte Schmafou mitfühlend den Hinterkopf. »Aba nach via Taglichda bisd wieda da, ja? Weil dann hamma dad g'oße Feschd vom Kab'dn Blaubää'.«

»Klar.« Schmafou wischte sich die Tränen aus dem Gesicht. »Dann bis dann.«

Mit hängenden Schultern trottete er auf die schäumenden Meereswellen zu, winkte Gorgonzola zum Abschied und warf sich in die Fluten.

Bahn frei!, dachte Schmafou zufrieden, pflügte einige Hundert Meter auf die offene See hinaus, bis er davon überzeugt war, nicht mehr beobachtet zu werden, und tauchte in die grünlich schimmernde Tiefe des Ozeans hinab.

Jetzt muss ich nur noch einen passenden Menschling finden …

Ojemine, durchfuhr es Dalail, als er in den Gasthof *Zum Torkelnden Pony* trat und die wartenden Soldaten erblickte.

»Na endlich«, brummte Leonys.

»Ähm«, begann Dalail. »Eigentlich wollte ich nur ein Bier …«

»Ihr wisst wohl noch nicht Bescheid«, wies ihn Leonys zurecht und trommelte mit den Fingern auf die Tischplatte. »Wir haben ein ernsthaftes Problem, zu dessen Lösung wir eure Hilfe benötigen.«

»Habe ich befürchtet.« Dalail seufzte und ließ sich auf einen Stuhl fallen. »Was ist geschehen?«

Leonys schilderte dem Magier in knappen Worten, was sich in der vergangenen Stunde zugetragen hatte. Dalail lauschte andächtig, betrachtete verträumt seine Fingernägel und ließ einige Sekunden theatralischen Schweigens verstreichen, ehe er zu einer Erwiderung ansetzte.

»Klingt nach einer heiklen Situation«, sagte er und zupfte mit Daumen und Zeigefinger an seinem linken Ohrläppchen, welches wesentlich länger war, als das rechte. »Ich sehe drei Möglichkeiten, womit wir es zu tun haben: Erstens – Banshees aus den Toten Landen haben das Schiff übernommen.«

»Sag ich doch!«, rief einer der Soldaten, senkte aber verlegen den Kopf, als ihm Leonys einen funkelnden Blick zuwarf.

»Nur lässt sich dadurch nicht erklären, weshalb das Schiff einen derartigen Gestank verströmt. Zweitens – ein unbekannter, eindeutig destruktiver Fluch liegt auf dem Kahn. In diesem Fall müssten wir das Schiff bloß wieder aufs Meer zurückschicken, da ich den Hafen bereits vor Monaten vorbeugend magisch versiegelt habe.«

Bei diesen letzten Worten richtete sich Dalail in seinem Stuhl auf und warf Lob heischende Blicke in die Runde. Augenscheinlich war aber niemand in der Laune, ihm für seine gewichtige Vorsorgemaßnahme zu danken.

»Drittens«, fuhr Dalail – ein klein wenig geknickt – fort, »wäre es theoretisch denkbar, dass dieses Schiff die Erfüllung einer uralten Prophezeiung darstellt – die von König Aslan und seinen Rittern der Schwafelrunde.«

Ein nervöses Murmeln breitete sich unter den Soldaten aus. Die Sage war allgemein bekannt. Es hieß, dass dereinst ein riesiges Schiff im Hafen der Stadt einlaufen würde, beladen mit Hunderten Truhen, die mit sämtlichen je gesprochenen Sätzen und gedachten Gedanken gefüllt waren. Die unsterblichen Ritter der Schwafelrunde würden von Bord gehen und ihre Botschaft der vollendeten Worte unter die Bevölkerung bringen – jeder, der sie vernahm, war dem Wahnsinn verfallen und musste eines qualvollen Todes sterben.

»Rag'nar Rôek«, murmelte Melchior und Balthasar erinnerte sich, von seinem Bruder dieselben Wörter beim Eintreffen des Schiffes vernommen zu haben.

»Aber ich denke«, bemühte sich Dalail die aufkeimende Unruhe zu ersticken, »dass wir diese Alternative ausschließen können. Sofern der Orakelspruch zutreffend ist, soll dieses Schiff das Abbild eines brüllenden Löwenkopfes auf seinem Großsegel zeigen. Wie ihr berichtet habt, handelt es sich in unserem Fall um einen einfachen Ringlotten-Kreuzer. Außerdem ist ja keine Mannschaft an Bord – wenigstens keine sichtbare.«

Leonys nickte knapp, zog die Brauen zusammen und blickte Dalail fest in die Augen. »Wie sollen wir eurer Meinung nach vorgehen?«

Dalail, der soeben einen gewaltigen Bierkrug an seine Lippen gesetzt hatte, verschluckte sich und rang keuchend nach Luft. »Das …«, er hustete und spie einen Batzen Spucke auf den Fußboden, »… müsst Ihr wissen. Ihr seid Soldat, ich bin nur ein konfliktscheuer Zauberer.«

Sarkastische Drecksau, dachte Leonys verbissen.

»Nun gut.« Leonys blieb völlig ruhig. »Was haltet ihr hiervon: Ein durch eure Zauber geschützter Trupp Soldaten begibt sich auf das Schiff, um die Ursache des Gestanks, den Verbleib der Kinder und die Quelle der Magie zu eruieren.«

»Na ja …« Dalail zögerte. »Dies wäre mit enormen Gefahren verbunden. Ich halte es für klüger, das Schiff aus sicherer Entfernung mithilfe eines magischen Sturmwirbels hinaus aufs Meer zu treiben. Meiner bedeutsamen Meinung nach sollten wir den Kahn besser nicht betreten. Schließlich will doch niemand …«

»Oh doch, das sollten wir!«

Der militärische Oberbefehlshaber der Stadt – Isegrim Wolfsklaue – war in Begleitung zweier Offiziere in das Lokal getreten. Unmittelbar hinter ihm folgten drei Gemeinderäte: Lord Mergrid Goldschopf, der inoffizielle Herrscher der Stadt, Fürstin Yvaine Grünauge, die örtliche Vertreterin der Elben, sowie Bürgermeister Gabriel Schlafgut, dem es ausnahmsweise gelungen war, vor Mittag sein Bett zu verlassen.

Wie ein Mann sprangen die Soldaten auf und salutierten – einzig Dalail Amar blieb sitzen und starrte den Neuankömmlingen verdattert entgegen.

»Steht bequem«, bellte Isegrim und verschränkte die Hände hinter seinem Rücken. »Leutnant Federzunge, euer Bote sprach von einem fremden Schiff, das Kinder frisst. Ist dies korrekt?«

Leonys deutete eine Kopfbewegung an, die sowohl eine bejahende wie verneinende Geste hätte sein können. »Genau genommen haben wir nur beobachtet, wie zwei Burschen und ein Mädchen an Bord eines Ringlotten-Kreuzers unbekannter Herkunft gegangen sind. Leider konnten wir aufgrund des einsetzenden Gestankes nicht feststellen, was mit den Kindern tatsächlich geschehen ist.«

»Wegen ein bisschen schlechter Luft?« Isegrims buschige Augenbrauen wanderten nach oben.

Du warst wohl noch nicht unten beim Hafen, dachte Balthasar und verzog die Lippen.

Leonys schilderte ein weiteres Mal die Vorgänge seit Eintreffen des Schiffes und fügte auch ihren Vorschlag hinzu, man solle den Kahn von einer Abordnung Soldaten untersuchen lassen.

»Dem stimme ich zu«, sagte Isegrim. »Uns wird nichts anderes übrig bleiben. Allein schon deshalb, um den Verbleib der Kinder zu klären.«

»Genau.« Dalail nickte beflissentlich und schob seinen Bierkrug beiseite. »Ich werde, ausgerüstet mit meinen stärksten Zaubern, an der Mole stehen und das Geschehen aus sicherer Entfernung überwachen.«

Isegrim grinste humorlos. »Nein, das werdet Ihr nicht. Ihr müsst mit den Soldaten an Bord gehen, um ihnen im Fall eines Angriffes jederzeit beistehen zu können.«

Dalails halbherziges Lächeln verblasste. Seine pausbäckigen Wangen verloren verdächtig an Farbe, als er den Fußboden nach nicht vorhandenen Verschwindezaubern absuchte und dabei sein linkes Ohrläppchen knetete wie einen Hefeteig.

»Na ja …«, begann er zögernd.

Isegrims Gesichtsausdruck wirkte gelangweilt. »Habt Ihr etwas an meinem Vorschlag auszusetzen? Weil falls es so wäre, hätte ich einen gemütlichen Galgen anzubieten, auf dem es sich hervorragend hängen lässt.«

Verdammt, fluchte Dalail im Stillen. *Ich hätte mich um die Enthaarung von Männerärschen kümmern sollen …*

Der Plan war rasch entwickelt und beschlossen. Unter dem Schutz zahlreicher Bann- und Schildzauber und mit magisch präparierten Nasenventrikeln versehen, wie sie Dalail nannte, würde sich eine Gruppe von neunundzwanzig kampferprobten Soldaten noch im Lauf des Nachmittags auf das Schiff begeben. Der Magier bestand auf diese Anzahl an Kriegern, obgleich sowohl Leonys als auch Isegrim bereits ein Dutzend Kämpfer für ausreichend gehalten hätten.

»Es kommt auf die Ziffer an«, betonte Dalail. »Mit meiner Wenigkeit sind wir dreißig Personen, eine magisch höchst stabile und kraftvolle Zahl, die uns bedeutend mehr Sicherheit bietet.«

Leonys ahnte, welcher Gedanke tatsächlich hinter dieser unverhältnismäßigen Gruppenstärke stand. *Zauberer*, dachte sie. *Alles Jammerlappen!*

Dennoch erhob sie keinen Einspruch und wandte sich stattdessen ihrem Vorgesetzten zu. »Hauptmann, mit Verlaub, ich melde mich freiwillig, das Kommando über die Truppe zu übernehmen.«

Bevor Isegrim zu einer Erwiderung ansetzen konnte, meldete sich Lord Goldschopf zu Wort.

»Das halte ich für keine gute Idee. Diese Aufgabe sollte ein erfahrener Offizier übernehmen, und überhaupt ist sie ja eine Frau!«

»Genau«, pflichtete ihm die Elbengesandte bei. »Aufgrund dieser außergewöhnlichen und mit zahlreichen Unsicherheiten verbundenen Angelegenheit bin auch ich dafür, dass ausschließlich Männer das Schiff betreten.«

In den Augen von Fürstin Grünauge stand – genauso wie in denen von Lord Goldschopf – ein verdächtig unruhiges Glimmen.

Balthasar wusste es von Melchior: Leonys Federzunge war die uneheliche Tochter aus einer Affäre zwischen dem Stadtherrscher und der Gesandten der Elben; eine Tatsache, die zwar allen bekannt war, aber wohlweislich von niemandem beim Namen genannt wurde.

Aus diesem Grund ließ Isegrim Wolfsklaue Goldschopfs Vorwand auch nicht gelten.

»Sie ist mein bester Offizier«, sagte er bestimmt. »Ich bin zuversichtlich, dass sie der Aufgabe mehr als gewachsen sein wird. Leutnant Federzunge, Ihr habt das Kommando!«

Mit diesen Worten wandte er sich grußlos um und verließ das Torkelnde Pony, unmittelbar gefolgt von einem heftig gestikulierenden Lord Goldschopf, einer den Tränen nahen Fürstin Grünauge und einem friedlich schlummernden Bürgermeister, der von vier Dienern in einer Sänfte aus dem Raum getragen wurde.

Als die Gespräche zwischen den Soldaten wieder in Schwung kamen und lautstarke Rufe nach Bier das Lokal erfüllten, sah Balthasar seine Chance gekommen.

»Darf ich gehen?«, erkundigte er sich hoffnungsvoll und warf Melchior wie Leonys einen leidgeprüften Blick zu. »Meine Schicht war mittags zu Ende.«

Die Angesprochenen sahen sich auf eigentümliche Art und Weise an, dann nickte Leonys Balthasar zu. »Ja. Für Feiglinge ist hier ohnehin kein Platz.«

Balthasar war froh, nicht an der Expedition teilnehmen zu müssen. Gleichzeitig spürte er gelinde Scham und

Unsicherheit, wenn er daran dachte, dass sein älterer Bruder das unheimliche und möglicherweise lebensgefährliche Schiff betreten würde. Melchior war nach Leonys der Erste gewesen, der sich freiwillig für den Einsatz gemeldet hatte – kein Wunder, schließlich war sein Sohn Kasper von dem stinkenden Kahn verschlungen worden.

Andererseits hatte die Abwesenheit Melchiors auch positive Auswirkungen. So konnte Balthasar beispielsweise den Gewinn seiner Wette einlösen.

Mit einem schelmischen Grinsen im Gesicht marschierte Balthasar auf die Behausung seines Bruders zu, die eher wie ein kleiner Palast wirkte, als wie das Heim eines Hafenwachmanns. Melchior war nie gewillt gewesen zu verraten, wie er sich ein solch prunkvolles Gebäude leisten konnte.

Balthasar hielt vor der letzten Häuserecke, frisierte seine dunkelbraunen Locken mit dem Kamm, den er zuvor aus der Auslage eines Geschäftes geklaut hatte, strich sich die Uniform glatt, roch unter seinen Achseln – und verzog das Gesicht. Egal, sie würde ihn auch so nehmen müssen. Wette war schließlich Wette.

Mit stolzgeschwellter Brust klopfte Balthasar an die massive Holztür des Hauses. Sie wurde augenblicklich und derart abrupt aufgerissen, dass der Soldat erschrocken zurückwich. Ein grobschlächtiger, breitschultriger Troll erschien in der Öffnung und warf ihm einen abweisenden Blick zu.

»WAS WILLST DU?«, donnerte der graue Koloss.

»Ich, äh … bin Balthasar Sternsinger. Ich muss zu Aurelia …« Balthasars Stimme klang bei Weitem nicht so selbstsicher, wie er sie gern vernommen hätte.

»WARUM?«

»Also Melchior … das ist mein Bruder … wir haben heute früh … na ja, da war so ein Schiff …«

»MACH'N PUNKT, DU WEICHEI!«

Die unmanierliche Ausdrucksweise des Trolls war für Balthasars angeschlagenes Selbstbewusstsein wenig förderlich.

»Wir haben … gewettet«, brachte er hervor. »Und deshalb … also, ich meine, weil ich gewonnen habe …«

»JA?«

Balthasar war drauf und dran kopflos die Flucht zu ergreifen, als eine junge Frau an der Seite des Trolles erschien.

»Ist schon gut, Arnold, lass ihn rein.«

Aurelia war seit ihrem letzten Zusammentreffen noch schöner geworden. Die langen blonden Haare fielen ihr offen über die Schultern und ihre himmelblauen Augen blitzten wie Tautropfen in der aufgehenden Sonne. Allerdings hätte Balthasar schon blind sein müssen, um nicht zu erkennen, dass dieses Glitzern keineswegs erfreut wirkte.

»Was willst du?« Aurelias Stimme klang unwirsch, als sie Balthasar in das geräumige Wohnzimmer des Hauses geleitete. Offenbar hatte sie ihm noch immer nicht verziehen, dass er es letztens gewagt hatte, sie zu küssen – was ihm einen feuerroten Handabdruck auf der Wange eingebracht hatte.

»Ist Maria gar nicht daheim?«, erkundigte sich Balthasar anstatt einer Antwort.

Maria war die steinalte Haushaltsgehilfin, die seit mehr als zwanzig Sonnenzyklen in Melchiors Diensten stand. Ganz anders Aurelia. Balthasars Bruder hatte die junge Frau vor wenigen Jahren aus den Klauen eines dreiköpfigen Ogers befreit. Damals war sie noch ein halbes Kind gewesen. Seitdem lebte sie im Haus des Soldaten und verdiente sich mit Massagen sowie niederen Heil- und Beschwörungszaubern den Lebensunterhalt. Balthasar war der festen Überzeugung, dass zwischen Melchior und Aurelia mehr lief, als eine schlichte Vater-Tochter-Beziehung, wie sie sein Bruder stets beteuerte.

»Nein«, erwiderte Aurelia knapp. »Also?«

»Ich habe eine Wette gewonnen«, frohlockte Balthasar und sein glückseliges Grinsen hätte einem ausgewachsenen Breitmaulfrosch zur Ehre gereicht.

»Oh nein …«

»Oh doch! Melchiors Einsatz war eine Massage von dir. Also wenn du so freundlich wärst …«

Schon begann sich Balthasar in Windeseile die Kleider vom Leibe zu reißen.

Aurelia seufzte und verdrehte die Augen. »Selbst wenn du die Wahrheit sprichst, hätte mich Melchior vorher fragen müssen.«

Balthasar, der bereits an der Unterwäsche angelangt war, hielt inne. »Und das heißt?«

»Such dir gefälligst ein Freudenmädchen, das dich massiert.«

Balthasar zog eine Schnute. »Von mir aus – aber wenn ich keine Massage bekomme, dann will ich zumindest einen Kuss.«

Unvermittelt sprang er auf Aurelia zu, legte die Hände um ihre Hüften und beugte sich zu ihr herab, um seine Lippen auf die ihren zu drücken.

»Vergiss es, Blödmann!«, fauchte sie und stieß ihn beiseite.

»Nur einen Kuss«, flehte Balthasar und schnappte nach Aurelias Rockzipfel.

Sie wirbelte herum, ihre gletscherfarbenen Augen glühten: »Lass mich sofort los!«

»Ich will doch nur einen Kuss, nichts weiter.«

»Ich sagte, du sollst mich …«

Balthasar zog sie an sich und griff Aurelia an ihre wohlgeformten Brüste.

Ein Summen ertönte, wie von einem wütenden Bienenschwarm. Balthasar spürte ein seltsames Kribbeln an der Stirn, das sich rasend schnell über seinen gesamten Körper ausbreitete. Ächzend verlor er das Gleichgewicht, knallte mit seinem ungeschützten Schädel auf den hölzernen Fußboden, sah bunte Sternchen blitzen – und dann nichts mehr.

Der Ausgang des Abwasserrohres der Stadt war nicht so leicht zu finden wie gedacht. Schmafou hatte angenommen, er müsse nur der stärksten Trübung des Meeres folgen. Tatsächlich war die See aber viel zu aufgewühlt, um sich an der Anzahl der Schwebstoffe orientieren zu können.

Missmutig sank Schmafou etwas tiefer, schwamm hierhin und dorthin, lugte hinter von Korallen überwucherte Felsbrocken und näherte sich den scharfkantigen Klippen bis auf wenige Klabauterlängen.

Endlich wurde er fündig. Das Rohr lag knapp unter der Wasseroberfläche, direkt über einer schwärzlich schimmernden Meeresspalte. Schmafou wedelte erleichtert mit seinen Spitzohren und paddelte auf die dunkle Öffnung zu. Er überlegte, ob er nicht besser einige Perlen hätte mitnehmen sollen, um die glitzergeilen Menschlinge von seiner Mission zu überzeugen.

Beinahe wäre es ihm nicht aufgefallen.

Die Meeresspalte war keine Spalte. Ein nachtfarbener, stromlinienförmiger Schatten hob sich vom Grund des Ozeans und driftete scheinbar zufällig in die Richtung des Klabauters.

Ein Grendel!, durchzuckte es Schmafous Gedanken. Es fehlte nicht viel und er hätte überstürzt die Flucht ergriffen und dabei sinnlos um Hilfe geblubbert. Doch dann erinnerte sich Schmafou an seine Aufgabe, sein Ziel, seine Bestimmung.

Nein, Grendelchen, dachte er und ballte seine winzigen Hände zu Fäusten. *Mich kriegst du nicht!*

Schmafou spannte die Schwimmhäute an seinen überlangen Zehen, beschleunigte und schoss wie ein Torpedo auf die Öffnung des Abflussrohres zu.

Diese für einen Klabauter untypische Reaktion schien den Grendel zu verwirren. Er schüttelte sein mächtiges Haupt, nahm die Pose einer sitzenden Kröte ein, kratzte sich zwischen den Beinen – doch schlussendlich realisierte er Schmafous Vorhaben. Der Grendel stieß ein wütendes Brüllen aus, das unter Wasser wie der gewaltige Donner eines Gewittersturms klang, und raste direkt auf den Klabauter zu.

Schmafou sah die feurig leuchtenden Augen des Ungetüms. Er gewahrte die grausamen Klauen entlang des dunklen Körpers, spürte den Sog des todbringenden Maules – und schoss mit einem solchen Tempo in das aufwärts gebogene Abflussrohr hinein, dass er den Wasserspiegel des Tunnels durchbrach, einige Schritte durch die Luft segelte und mit einem schmerzhaften Klatschen auf den Boden des Rohres prallte.

Fiepend schnappte er nach Luft und zog sich mit beiden Armen weiter den Kanal empor.

Mensch gehabt, dachte Schmafou erleichtert. Er hätte keine Sekunde länger zögern dürfen. Der Grendel war ziemlich hungrig gewesen.

Schmafou geduldete sich nur so lange, bis er etwas zu Atem gekommen war, richtete sich auf – und verlor prompt das Gleichgewicht. Mit hilflos rudernden Armen klatschte er der Länge nach in die schwarzbraune, wenig erfreulich duftende Brühe, die den Boden des Abwassertunnels bedeckte.

Schmafou warf einen Blick auf seine Beine hinab – genauer gesagt auf den Rest davon; denn von beiden war bloß ein winziger Stummel übrig.

Aurelia hätte den arroganten, aufgeblasenen, minderbemittelten, wollüstigen und unverschämten Bruder Melchiors am liebsten von ihrem Haustroll Arnold kopfüber im nächsten Misthaufen versenken lassen. Seinem Körpergeruch nach zu schließen hatte Balthasar ohnehin die vergangenen Nächte – oder Wochen – in einer Kloake verbracht. Aber Aurelia war sich nicht sicher, ob ihr Melchior eine solche Tat übel nehmen würde.

Das schwache Gift, das sie Balthasar verabreicht hatte, verlor in weniger als einer Stunde seine Wirkung und hinterließ keine bleibenden Schäden. Deshalb hatte Aurelia beschlossen, den ungehobelten Burschen ein paar Hundert Schritte entfernt inmitten eines Heuhaufens abzuladen, auf dem er ungestört seinen Liebesrausch ausschlafen konnte. Sicherheitshalber hatte sie ihm aber das Schwert abgenommen – nicht, dass dieser Idiot auf dumme Gedanken kam, wenn er erwachte.

Als sie mit Arnold auf dem Rückweg zu Melchiors Haus war, fiel ihr der eigentümliche Geruch auf, den sie bereits am Vormittag wahrgenommen hatte. Falls sie sich nicht täuschte, kam der Gestank aus Richtung des Hafens.

Auch dem Troll war der unangenehme Mief nicht verborgen geblieben. Gewöhnlich war Arnold Gerüchen gegenüber höchst unempfindlich, doch diesmal grunzte er erleichtert, als sich die Tür hinter ihnen schloss.

»Was meinst du, was das für ein Gestank ist?«, fragte ihn Aurelia.

Arnold warf ihr einen müden Blick aus seinen winzigen Augen zu. »EIN FURUNKEL«, grollte er und schabte mit seinen Krallen über den Türrahmen.

»Furunkel?« Aurelia wurde hellhörig. »Was soll das sein?«

»DÄMON.« Der Troll zeigte sein Ehrfurcht gebietendes Gebiss. »KOMMT SICHTBAR NICHT. WENN EITER SINGT. VERSTECKT IM LICHT. MIT FEUER RINGT.«

»Dämon? Wo ist ein Dämon? Und was meinst du mit Eiter?«

Doch Arnolds außergewöhnlicher Redeeifer war versiegt. Er wandte sich kommentarlos ab und marschierte in die Küche, um dort lautstark mit Tellern und Pfannen zu hantieren.

Aurelia sank auf das Sofa und zog die Beine an die Brust. Wo blieb nur Melchior? Er hätte längst daheim eintreffen sollen – seine Schicht war mit der von Balthasar zu Ende gegangen. Aurelia glaubte sich zu erinnern, dass Melchior erwähnt hatte, er müsse nach seinem Dienst noch ins Kastell. Aber weshalb dauerte das so lange?

Theoretisch war Aurelia bei der Frau des Hufschmiedes bestellt, um deren Rheuma zu behandeln. Doch die Sorge um ihren Ziehvater ließ sie nicht los. Im Gegenteil: Eine unerklärliche Furcht erfasste ihren Geist, die Ahnung kommenden Unheils bemächtigte sich ihrer Gedanken.

Melchior, dachte Aurelia und ihre grazilen Hände zitterten. *Wo bist du, mein Liebster?*

Oje, dachte Schmafou und betrachtete die ausgefransten Enden seiner beiden Oberschenkel. *Gleich beide Haxen. Ganz schön fies!*

Aber er hatte es geschafft. Zwei Beine mehr oder weniger waren nicht weiter tragisch – für die Errettung seines Schiffes musste er eben Opfer bringen.

Schmafou kniff die Augen zu schmalen Schlitzen zusammen und begann ein klabautisches Mantra zu murmeln: »Oooh Booot, oooh Booot, oooh Booot …« Mit den Händen umfasste er die kümmerlichen Reste seiner Beine und wiegte sich im Klang der Melodie bedächtig vor und zurück.

Die blutigen Stümpfe bewegten sich. Zunächst versiegte das Blut, dann lösten sich die abstehenden Fleischfetzen von den unversehrten Teilen der Gliedmaßen. In atemberaubender Geschwindigkeit, wie die Zeitrafferaufnahme eines sich entfaltenden Keimlings, wuchsen Schmafou zwei neue Beine, die den verspeisten bis ins Detail glichen.

Ein Schiff mit Kobold niemals leckt, weil sich der Tod vor ihm versteckt, sinnierte Schmafou in bester Klabautermanier. Er wackelte prüfend mit seinen Schwimmhautzehen, erhob sich auf seine wuchsfrischen Beine und trippelte durch den Abwasserkanal auf das Zentrum der Stadt zu.

Das Deck des Schiffes war mit Äpfeln übersät. Unzählige knallrote, kindskopfgroße Äpfel, die stanken, als wären sie in Ogermist getaucht und anschließend mit Werwolfpisse übergossen worden.

Leonys' Magen war nicht der Einzige, der trotz Nasenventrikel zu rumoren begann. Einer der Soldaten wandte sich abrupt um und stürmte von Bord. Ohne Dalails magische Geruchshemmer würden sie wohl alle würgend über der Reling hängen, während sich ihre Gedärme in einem Strudel aus Pein selbst verschlangen.

»Ein vegetarischer Albtraum«, murmelte Dalail, der dicht neben Leonys stand und sich schwer auf seinen Stock stützte. »Ich werde niemals wieder einen Apfel anrühren.«

Sie waren über eine notdürftig zusammengezimmerte Holzbrücke auf das Schiff gelangt und hatten sich am bugseitigen Oberdeck versammelt, das glücklicherweise apfelfrei war. Dalail hatte die Befürchtung geäußert, dass sich das Schiff vehement gegen seine Besetzung sträuben würde. Doch alles war ruhig geblieben. Indessen spürten Leonys und ihre Männer die Anwesenheit einer düsteren Kraft und unsichtbare Augen, die sie taxierend musterten.

»Ich habe Hunger«, sagte Dalail vernehmlich. »Bringt mir so einen Apfel.«

Die entsetzten Blicke der Soldaten entlockten dem Magier ein schwaches Grinsen. »Ich will ihn nur untersuchen«, fügte er rasch hinzu, bevor noch mehr Krieger das Weite suchen konnten.

Leonys nickte einem der Soldaten zu, der sich – widerwillig – in Bewegung setzte.

»Aber nicht anfassen!«, rief Dalail ihm nach. »Rein in einen Sack und her damit.«

»Sollten wir nicht nach den Kindern sehen?« Melchiors Stimme klang ruhig, angesichts ihrer Situation zu ruhig. Leonys fühlte die innere Erregung des Hafenwachmanns und hatte die unangenehme Befürchtung, dass er kurz davor stand, eine große Dummheit zu begehen.

»Ja«, erwiderte sie und nickte nachdrücklich. »Wir werden uns in Gruppen aufteilen. Ein Trupp untersucht das Deck bis achtern, einer die Aufbauten vorne und hinten, zwei weitere werden bug- und heckseitig über die Niedergänge in das Innere des Kreuzers eindringen. Ich will, dass zwei aus jeder Gruppe Sichtkontakt zu mindestens einer weiteren …«

»Moment«, unterbrach sie Dalail, der soeben den Sack mit dem Apfel entgegennahm. »Nicht so hastig. Zuerst muss ich das Schiff einer subkutanen Energiemembran-Analyse unterziehen. Dann sollten die Schutzzauber erneuert werden und außerdem …«

»Scheiß drauf«, zischte Melchior, wandte sich um und näherte sich im Laufschritt der nächstgelegenen, schräg eingelassenen Tür, die zu den unteren Decks führte.

»Stehen bleiben, Soldat!«, bellte Leonys, doch ihr Ruf verhallte wirkungslos.

Melchior hob den Fuß und trat gegen die Tür, die ohne besonderen Widerstand aus den Angeln brach. Er warf seiner Vorgesetzten einen entschlossenen Blick zu, dann sprang er in das Innere des Schiffes.

Leonys' Atem stockte. *Nein*, dachte sie und ihre feingliedrigen Finger verkrampften sich um den Griff ihres Schwertes. *Nicht auch noch Melchior …*

Leonys stieß die umstehenden Soldaten beiseite und hetzte dem Hafenwachmann hinterher.

»Melchior, warte!«, rief sie und trat durch die gewaltsam geschaffene Öffnung.

In diesem Augenblick wurde das Schiff lebendig.

~*~

Dalails Arme rotierten gegengleich, als sich der hölzerne Plankenboden unter ihm hob und senkte wie der rasselnde Atem einer monströsen Bestie. Taue, Segeltücher und lose Balken zuckten gleich angriffslustigen Schlangen in Richtung der Soldaten und wurden nur durch die magischen Schutz- und Bannschilder zurückgehalten; wenigstens bei den meisten Kriegern. Im Fall zweier Soldaten schien Dalail mit seinen Zaubersprüchen etwas nachlässig gewesen zu sein, denn sie wurden von den tobenden Gerätschaften erfasst und segelten kreischend über die Reling.

Die Masten des Schiffes bogen sich ächzend, wanden und drehten sich in der Verankerung, als wären sie nicht länger aus solidem Holz, sondern weichem Lehm gefertigt. Die Öffnung, durch die vor wenigen Augenblicken Melchior und Leonys getreten waren, wuchs vor Dalails Augen zu einer massiven Holzwand zusammen.

Der Zauberer war wie gelähmt. Von einem Moment auf den anderen setzte dieser verfluchte Kahn sämtliche Gesetze der Logik und des Verstandes außer Kraft. Als hätte dies alles Dalail noch nicht davon überzeugt, dass er seinen Gegner beträchtlich unterschätzt hatte, bildete sich aus der Holzwand des Aufbaus vor ihm eine abscheuliche Teufelsfratze heraus. Schwarzrot glühende Höhlen warfen dem Magier einen brodelnden Blick zu.

Unterhalb dieses grauenerregenden Gesichtes erschienen auf der Oberfläche des Holzes pechfarbene

Lettern, die ganz deutlich die Worte formten:
VERPISST EUCH!

Ist das nicht der Menschling, der heute Morgen am Hafen Wache gehalten hat?

Schmafou äugte dem Soldaten hinterher, der in Schlangenlinien durch die Gasse torkelte und sich dabei an den Wänden der Häuser abstützen musste, um nicht bäuchlings in den Dreck zu fallen.

Sehr helle ist er wohl nicht, dachte Schmafou. *Aber vielleicht eh besser so.*

Behutsam pirschte sich der Klabauter an den Krieger heran, flitzte um einen verlassenen Obststand herum und hopste direkt vor Balthasars Füße.

»Hallo!«, krähte er und reckte sein Haupt.

Um ein Haar wäre dies das letzte Wort seines Lebens gewesen, denn Balthasar war noch viel zu sehr mit den Nachwirkungen des Giftes beschäftigt, als dass er auf kaum hüfthohe Wichtel zu seinen Füßen geachtet hätte.

Schmafou quietschte und warf sich zur Seite, konnte aber nicht verhindern, dass ihn Balthasars Bein am Bauch traf und meterweit durch die Luft katapultierte. Mit einem halb überraschten, halb empörten Laut klatschte der Klabauter gegen eine Hausmauer, rutschte an ihr herab und blieb benommen liegen.

Erst jetzt registrierte Balthasar, dass er nicht länger allein war, und warf blinzelnd einen Blick in die Runde. Ein kleines, bläuliches Etwas wieselte auf ihn zu, baute sich vor ihm auf – sofern sich ein achtzig Zentimeter hoher Klabauter vor einem mehr als doppelt so großen Menschen aufbauen konnte – und stemmte angriffslustig die Hände in die Hüften.

»Waswills'u?«, lallte Balthasar und trat einen unsicheren Schritt zurück.

»Du musst mir helfen, Menschling!«

»Häh?«

»Das Schiff, das heute Morgen im Hafen angelegt hat – es gehört mir, mir, mir! Wenn du mir hilfst, es von dem garstigen Furunkel zu befreien, dann kriegst du …«

Der Klabauter brach mitten im Satz ab, legte den Kopf schief und musterte Balthasars Gesichtszüge. Dann breitete er die Arme aus, als wollte er den Soldaten umarmen – und schlug mit aller Macht seine Hände zusammen.

Im selben Atemzug explodierte ein Ball flüssigen Feuers in Balthasars Schädel. Erfreulicherweise währte der Schmerz aber nur den Bruchteil einer Sekunde. Ebenso rasant, wie die Woge aus Pein entstanden war, ebbte sie auch wieder ab und nahm sämtliche Nachwirkungen von Aurelias Gift mit sich. Nach wenigen Augenblicken fühlte sich Balthasar in Körper und Geist so ausgeruht wie schon lange nicht mehr.

»Ah…«, murmelte er genüsslich und streckte sich ausgiebig. »Das tut gut.«

»Hilfst du mir jetzt?«, quäkte Schmafou und hüpfte behände auf und ab, damit er auch ja nicht übersehen wurde.

Balthasar beäugte den aufdringlichen Kobold zu seinen Füßen. Er glaubte nicht, jemals vernommen zu haben, dass sich ein Klabauter freiwillig mit einem Menschen unterhalten hätte. Aber da ihn dieses Exemplar von seinen dröhnenden Kopfschmerzen befreit hatte, war er ihm wohl etwas schuldig.

»Wobei denn?«, erkundigte sich Balthasar wenig motiviert.

»Ich will mein Schiff zurück!«

»Aha.«

»Hilfst du mir?«

»Wer bist du überhaupt?«

Der kleine Kobold hielt in seinem Hopsen inne und plusterte sich auf. »Ich bin Schmafou, der drittgeborene Sohn des Pallawatsch, Beherrscher der teutasischen Wasserformel, Bezwinger von …«

»Okay, schon gut«, unterbrach ihn Balthasar. »Was bekomme ich, wenn ich dir helfe?«

»Perlen.«

»Wie viele?«

»So viele, wie die Hand Finger hat, und noch mal so viel.«

Balthasars Augen glitzerten. »Ich will zwanzig.«

»Wie viel ist das?«

»Das Doppelte!«

Schmafou zögerte einen Moment. »Na gut. Aber nur, wenn es klappt.«

Balthasar lächelte nachsichtig. *Vielleicht will er ja, dass ich ihm sein Modellboot vom Schrank hole.* Jedenfalls würde die Aufgabe kaum ein Problem darstellen.

»Gut«, erwiderte Balthasar. »Abgemacht.«

»Chillig!«, quietschte Schmafou. »Dann erklär ich dir meinen Plan.«

»Plan?«, echote Balthasar und zog die Augenbrauen hoch. »Was meinst du mit Plan?«

Aurelia hatte nicht die geringste Ahnung, ob man ihr gestatten würde, das Kastell zu betreten. Normalerweise ließen die Soldaten keine Bürger in das Innere der Bastei. Aurelia hoffte jedoch, dass man ihr wenigstens die Auskunft erteilen konnte, die sie benötigte.

Zwischen mehreren Reihen wild wuchernder Dornenhecken lag der halbbogenförmige Durchgang zum Kastell. Davor hielten zwei Soldaten Wache. Die anzüglichen Blicke, die sie Aurelia zuwarfen, ließen keinen Zweifel daran, wie die Söldner bevorzugt mit jungen Frauen wie ihr verfuhren.

»Ich würde gern im Kastell vorspre…«, hob Aurelia an.

»Das geht nicht«, schnitt ihr einer der Soldaten das Wort ab. »Unangemeldete Besucher – und noch dazu so heiße Stuten, wie du eine bist – dürfen wir nicht einlassen.«

»Könnt ihr mir zumindest sagen, wo ich Melchior Sternsinger finde?«

»Nein«, sagte der Wachmann und grinste unverschämt. »Aber vielleicht fällt's mir ein, wenn du's mir hinten im Waschraum besorgst.«

Der zweite Soldat gackerte wie ein aufgeschrecktes Huhn und schlug seinem Kollegen begeistert auf die Schulter.

Aurelias Augen umwölkten sich vor Zorn.

»Wenn ihr versprecht, mir nachher zu verraten, was ich wissen will, mach ich's euch beiden – mit der Zunge.«

Die Soldaten bekamen große Augen.

»Geil«, sagte der erste und leckte sich die Lippen. »Geht klar!«

»Aber wir dürfen unseren Posten …«, gab der andere zu bedenken.

»Scheiß drauf«, meinte der Zweite. »Is' ja nur 'ne schnelle Nummer.«

Sie stürmten vom Schiff, als wäre der Leibhaftige persönlich hinter ihnen her – was, zumindest Dalails Meinung nach, durchaus der Wahrheit entsprechen konnte. Wie ein hirnloser Mob rannten sie die Mole entlang auf die Stadt zu und hielten erst an, als sie sich im Schutz der ersten Gebäude befanden.

Dalail schnappte nach Luft wie ein Fisch auf dem Trockenen. In den vergangenen Monaten – oder eigentlich Jahren – hatte er die sportliche Ertüchtigung seines Körpers schmählich vernachlässigt.

Ich sollte ein vollautomatisches Ausdauertrainingsgerät erfinden, dachte er und hielt sich ächzend die Seiten.

Sie waren nur noch zweiundzwanzig, wie Dalail nach einem Blick in die Runde feststellte. Ein Soldat hatte bereits vor der dramatischen Verwandlung des Schiffes das Weite gesucht. Zwei waren ins Meer geschleudert und Melchior und Leonys vom Schiff verschluckt worden. Blieb ein Saldo von drei Personen mit unbekanntem Schicksal.

Hätte schlimmer enden können, sinnierte Dalail und zwang ein schrilles Kichern über seine Lippen. Doch der Laut klang eindeutig mehr nach Wahnsinn als nach gesundem Optimismus.

Wenn man es realistisch betrachtete, hatte die Expedition keinerlei Ergebnisse gebracht; bis auf den bestialisch stinkenden Apfel, den Dalail trotz ihrer panischen Flucht – mehr aus Verwirrung, denn aus Mut – nicht hatte fallen lassen.

Mit einem wachsenden Gefühl von Unwohlsein erinnerte sich Dalail an Leutnant Federzunge. Er konnte sich zwar nicht vorstellen, dass der unheimliche Geist an Bord des Schiffes die Schutzmagie durchbrechen konnte, die er um Melchior und Leonys gelegt hatte – zumindest jetzt noch nicht. Aber offenbar hinderten die Zauber ihren unbekannten Gegner nicht daran, die beiden Krieger auf dem Boot gefangen zu halten.

Ob sie bereits tot sind? Schreckliche Schmerzen durchstehen müssen? Oder sich gar einen Fingernagel eingerissen haben? Dalail löste sich von seinen grauenerregenden Gedankengängen, sah auf – und erkannte schlagartig, dass er vor einem ernsten Problem stand. Wie es den Anschein hatte – und einundzwanzig starrende Augenpaare sprachen eindeutig dafür – erwarteten die Soldaten in der Tat, dass er nun das Kommando in der Truppe übernahm.

Einen Moment erwog Dalail die Alternative, kehrtzumachen und sich in seinem Scherbenturm zu verbarrikadieren – allerdings meinte er zu wissen, dass in diesem Fall Isegrim Wolfsklaue seine Drohung wahr machen würde.

»Ähm.« Dalail zwinkerte unschuldig in die Runde und kratzte sich am haarlosen Schädel. »Sollten wir eventuell im Kastell Bericht erstatten?«

Im Inneren des Schiffes war es so dunkel wie in einer wolkenverhangenen, mondlosen Nacht. Die Geräusche im Freien wirkten gedämpft und drangen nur verzerrt durch die hölzernen Wände. Ein beständiges Knirschen und Knacken erfüllte den Raum, wie nicht anders von einem Kahn dieser Größe zu erwarten. Doch wirkten die Laute auf unheimliche Weise vertraut, beinahe lebendig, erinnerten an das Ächzen und Stöhnen gepeinigter Menschen.

Leonys wagte kaum zu atmen. Als sich die Öffnung hinter ihnen geschlossen hatte, war sie herumgewirbelt und hatte mit ihrem Harakiri-Schwert ausgeholt, um das lebendig gewordene Holz zu zerschlagen. Aber eine unsichtbare Kraft war ihr in den Arm gefallen, hatte ihr die Waffe entrissen und in die Finsternis geschleudert. Nun bereute sie es, ihre mit Werwolfsehnen verstärkte Götterarmbrust nicht mitgenommen zu haben.

Leonys straffte die Schultern und spähte in die Düsternis. Obwohl sie als Halbelfe gewöhnlich selbst in schwärzester Nacht Gesichter und Farben zu unterscheiden vermochte, konnte sie hier nur vage Umrisse erkennen.

Einer der sie umgebenden Schatten geriet in Bewegung. Leonys erkannte, dass der Schemen die Größe und Gestalt eines Menschen aufwies.

»Melchior?«, flüsterte sie.

»Ich bin hier«, erklang seine vertraute Stimme. »Einen Moment, wir werden gleich etwas sehen können.«

Ein weißes Flackern erschien wie aus dem Nichts, verstärkte sich und erhellte alsbald den gesamten, kaum drei Meter breiten Raum, der bis auf einige leere Fässer und Truhen nichts Auffälliges zu bieten hatte. Melchior hielt eine runde, glasartige Kugel in der Hand, die jenes fremdartige aber durchaus angenehme Licht verströmte.

»Ein Quellfeuer?« Leonys war ehrlich überrascht. »Woher hast du das?«

»Es war das Geschenk einer Freundin«, erwiderte Melchior.

»Einer Freundin?« Der Klang von Leonys' Stimme fiel auf das Niveau im Sturmwind knirschender Eisschollen herab.

»Ja, aber es ist lange her.«

Die Halbelfe rümpfte die Nase, ließ es jedoch dabei bewenden.

»Was du getan hast, war nicht besonders klug von dir«, sagte sie und fiel dabei in ihren befehlsgewohnten Tonfall zurück. Leonys ging in die Hocke, zögerte einen Moment – und griff nach dem Schwert, das ihr der unsichtbare Gegner aus der Hand geprellt hatte. Obwohl sie fest damit rechnete, abermals attackiert zu werden, geschah nichts dergleichen.

Melchior zuckte die Achseln. »Wenn schon. Ich konnte nicht länger tatenlos herumstehen.«

»Und du glaubst, als Gefangener dieses … Schiffes kannst du etwas ändern?«

»Wer behauptet, dass wir Gefangene sind? Wir können uns noch immer frei bewegen, oder? Ich habe nicht vor aufzugeben.«

Leonys' strenge Gesichtszüge zuckten. »Glaubst du, dass …?«

»Ja.« Melchior wandte sich ab und näherte sich der Treppe, die zu den unteren Decks führte. »Wir werden ihn finden, unseren Sohn.«

Aurelia erhob sich und leckte sich genießerisch die Lippen. Solch eine anregende Köstlichkeit hatte ihre Zunge schon lange nicht mehr schmecken dürfen. Man konnte sagen, was man wollte, aber die Soldaten des Kastells horteten das mit Abstand beste Bier in der Stadt!

Aurelia stellte den Krug auf den Tisch zurück und musterte die beiden Wachmänner, die mit heruntergezogenen Hosen in einer Ecke des Zimmers lagen und lautstark schnarchten. Es war ein Leichtes gewesen, den beiden einen Schlafzauber aufzuhalsen, während sie sich fieberhaft entkleideten. Aurelia hoffte, dass der Vorgesetzte der Soldaten die eng umschlungenen Gestalten antraf, bevor sie erwachten – zweifellos standen den Kriegern dann einige Tage im Kerker bevor.

Aurelia schlüpfte in die Uniform des kleineren Soldaten – welche ihr dennoch viel zu groß war –, legte die Rüstung an und setzte den unangenehm kantigen Helm auf. Ein rascher Blick in den Spiegel des Waschraumes bestätigte ihren Verdacht: Ihre Verkleidung würde nur einem flüchtigen Blick standhalten.

Egal, dachte Aurelia und verbarg ihre langen Haare unter dem Kettenhemd. *Sie werden mich schon nicht als Hexe verbrennen.*

»WAS?!«

Isegrim Wolfsklaue wirbelte herum und in seinen Feuer speienden Augen stand eine Mischung aus Überraschung und tobender Wut.

»Es tut mir leid«, murmelte Dalail und senkte den Blick. »Ich habe ehrlich gesagt nicht damit gerechnet, dass …«

Der Magier verspürte einen aufflammenden Schmerz in der Magengegend und sackte zusammen. Isegrims Jähzorn war allgemein bekannt; seinen Faustschlag aber am eigenen Leib zu verspüren, war eine spezielle und nicht besonders angenehme Erfahrung.

»Ich habe es zu spät erkannt«, keuchte Dalail, gelangte schwankend in die Senkrechte und wischte sich den kalten Schweiß von der Stirn. »Offenbar hat ein Dämon der Alten Welt das Schiff übernommen – ein sogenannter Blähbock.«

»Weshalb, verdammt noch mal, habt Ihr noch nichts gegen diese Bedrohung unternommen?«, donnerte Isegrim und marschierte gehetzt auf und ab.

»Ich habe dem Schiff Bannsprüche entgegengeworfen«, verteidigte sich Dalail, »aber meine Magie blieb wirkungslos.«

»Hervorragend.« Isegrim warf dem Zauberer einen grimmigen Blick zu. »Wie kann dieser Dämon dann vernichtet werden?«

»Ich weiß es nicht. Es würde beispielsweise nichts nützen, allein das Schiff zu zerstören – der Blähbock müsste sich dadurch bloß eine neue Behausung suchen, quasi eine Hülle für sein dämonisches Wesen. Im schlimmsten Fall könnte das ein Gebäude in der Stadt sein; und damit würden sich unsere Probleme potenzieren. Im Vergleich dazu sind unsere jetzigen Herausforderungen ein Kindergeburtstag.«

»Dann bleibt uns nichts anderes übrig«, meinte Isegrim entschlossen. »Selbst wenn wir auf diese Weise Leutnant Federzunge verlieren sollten. Treibt das Schiff mit einem Zauberspruch zurück aufs Meer!«

Dalail schüttelte den Kopf. »Das geht nicht. Diesem Dämon ist mit herkömmlicher Magie nicht beizukommen.«

»Womit dann?«

»Keine Ahnung.«

»Aber was gedenkt Ihr gegen diese Bedrohung der städtischen Sicherheit zu unternehmen?«

»Gar nichts«, sagte Dalail und ein spitzbübisches Lächeln erschien auf seinem Gesicht. »Zumindest nicht, solange ich keinen Krug Bier bekommen habe.«

~*~

»Nein, auf gar keinen Fall.« Balthasar schüttelte so heftig den Kopf, dass seine langen Haare wie eine Pferdemähne von links nach rechts flogen. »Deinen Plan kannst du dir gleich wieder abschminken. Mich bringen keine zehn Pferde mehr in die Nähe dieses Schiffes!«

»Du hast versprochen, dass du mir hilfst«, fiepste Schmafou und verzog das faltige Klabautergesicht zu einer Grimasse.

»Habe ich nicht«, behauptete Balthasar und erhob sich von den Stiegen, auf denen er sich niedergelassen hatte. »Und jetzt lass mich in Frieden.«

Ohne sich ein weiteres Mal umzusehen, marschierte er auf den nahe gelegenen und von zahlreichen Menschen bevölkerten Marktplatz zu. Er war davon überzeugt, dass es der Klabauter nicht wagen würde, ihm in das Gewimmel aus riesenhaften Zweibeinern zu folgen. Dennoch warf er einen flüchtigen Blick zurück; der Kobold stand dort, wo er ihn verlassen hatte. Balthasar grinste zufrieden, reckte die Brust – und verhielt mitten im Schritt. Über dem Marktplatz war ein riesiges, bläulich glühendes Auge erschienen.

Ein gepfeffertes Omelett aus Feuervogel-Eiern, schoss es Balthasar durch den Kopf.

Freilich war die Erscheinung wohl kaum genießbar und mit Sicherheit nicht harmlos. Die Männer und Frauen am Marktplatz waren wie Balthasar in der Bewegung erstarrt und glotzten mit weit aufgerissenen Augen zu der lodernden Schimäre empor. Sie wirkten abwesend, beinahe willenlos. Man hätte meinen können, dass sie ihre Umgebung überhaupt nicht mehr wahrnahmen.

Balthasar erkannte erst in diesem Moment, dass es ihm ebenso erging. Nur mit höchster Willensanstrengung gelang es ihm, den Blick zu senken. Ein Kribbeln durchlief seinen Körper, ähnlich der Empfindung, die man in der Nähe von Elmsgeistern verspürte. Balthasars Glieder zuckten verräterisch, irgendetwas in seinem Kopf befahl ihm, den Blick erneut himmelwärts zu richten. Doch offenbar befand er sich außerhalb der Zone der stärksten Suggestionskraft, welche das schwebende Auge ausübte. Die unsichtbare Macht war aber nicht von der Hand zu weisen: Der gesamte Marktplatz hatte zu tanzen begonnen.

Männer und Frauen, Mädchen und Knaben hopsten wie irrsinnig umher, rissen die Beine hoch und wedelten mit ihren Armen durch die Luft, als würden sie von einem Schwarm Wespen attackiert. Andere sprangen wie Flummignome von links nach rechts und zogen widerliche Grimassen. Manche schlugen Purzelbäume, trommelten mit den Fäusten (oder ihren Köpfen) gegen Hausmauern, galoppierten auf allen vieren über den Platz – es war, als hätte grenzenloser Wahnsinn von den Menschen Besitz ergriffen.

Über diesem ausgelassenen Tumult hob ein schallendes, misstönendes Gelächter an, das sich bis auf den Grund von Balthasars Seele fraß. Explosionsartige Schmerzen durchzogen – wieder einmal – seine Stirn, bevor es ihm gelang, sich umzuwenden, ein Bein vor das andere zu setzen und in die Seitengasse zu flüchten, aus der er gekommen war.

Balthasar kam etwa fünfzig Schritte weit, dann sank er in einen Hauseingang, kniff seine Augen zusammen und hielt sich die Ohren zu.

Verdammt, dachte er. *Ich wünschte, ich hätte kein Gehirn …*

Als Balthasar nach geraumer Zeit einen seiner Gehörgänge freilegte, kein Gelächter mehr vernahm und zögernd die Lider hob, blickte er geradewegs in das wenig hübsche Gesicht eines kniehohen, knallblauen Klabauters.

»Es breitet sich aus«, murmelte Schmafou und seine Spitzohren rollten sich zusammen wie ein Farnwedel unter der brütenden Wüstensonne.

Je tiefer sie in den Bauch des Schiffes hinabstiegen, desto stiller wurde es. Waren zunächst noch die Geräusche der Wellen am Schiffsrumpf, Schreie von Sturmmöwen und das Knarren der Planken zu vernehmen gewesen, schienen nun sämtliche Laute von einem schalldichten Schleier verhüllt.

Melchior sprach das aus, was auch Leonys durch den Kopf ging.

»Wir nähern uns dem Zentrum«, flüsterte er und hob das Quellfeuer hoch über seinen Kopf.

Bisher hatten sie auf den verschiedenen Decks nichts Auffälliges vorgefunden. Das Schiff war zwar überfüllt mit Truhen, Körben und Fässern, die meisten jedoch waren leer. Bloß ein Raum hatte so etwas wie eine Ladung besessen – in den gestapelten Bottichen der Kammer war Schwarzpulver gewesen; genug, um die halbe Stadt in die Luft zu jagen.

Im Übrigen hatte das Schiff (bis auf die stinkenden Äpfel am Oberdeck) keine Fracht an Bord. Zur Sicherheit waren Leonys und Melchior jeden Raum mehrmals abgeschritten. Sie hatten an die Schiffswände geklopft, um eventuelle hohle Stellen zu finden, hatten Kisten angehoben, aufgebrochen und mit dem Quellfeuer in jede noch so kleine Ritze geleuchtet. Dennoch war und blieb der Kahn trostlos und verlassen, ohne jeden Hinweis auf den Verbleib der drei Kinder.

Vor ihnen lag eine gewundene Treppe, die weiter in die Tiefe führte. Es war kaum zu glauben, wie viele Ebenen, Decks und Räumlichkeiten sich im Inneren dieses Schiffes verbargen. Beinahe hatte es den Anschein, als wäre der Kahn innen größer als außen.

»Hörst du das?« Melchiors Stimme war kaum mehr als ein Hauch – dennoch keimte in ihr eine unbändige Hoffnung.

Leonys lauschte angespannt. Die unangenehme Stille war einem heulenden Flüstern gewichen, einem gedämpften Wispern, das – mit viel Fantasie – das Weinen eines Kindes sein mochte.

»Ja«, erwiderte Leonys. »Aber es könnte ebenso gut eine Falle sein.«

~*~

Schmafou musste daran denken, was seine Mutter stets behauptet hatte: *Menschlinge sind Miesmuscheln ohne Schale – weich und verletzlich, sie stinken und verstehen keinen Spaß.*

Zumindest auf diesen Menschling trafen all jene Eigenschaften zu. Was den Gestank anbelangte, brauchte sich der Soldat nicht einmal hinter den Ausdünstungen des Ringlotten-Kreuzers zu verstecken.

»Du meinst, das wird mehr werden?« Balthasar schlotterte vor Furcht und duckte sich tiefer in den Hauseingang.

Okay, sinnierte Schmafou. *Vielleicht ist er noch feiger als er stinkt.*

»Ja.« Die Spitzohren des Klabauters nickten. »Wirst du mir jetzt helfen?«

»Was?« Balthasar warf ihm einen flackernden Blick zu.

»Bei dem Schiff«, sagte Schmafou mit einer Stimme, die man gewöhnlich gegenüber störrischen Kindern anschlug.

»Ich … kann das nicht«, hauchte Balthasar und begann an seinen Nägeln zu kauen, die so rissig und ungepflegt wirkten, dass er sie anscheinend öfter auf diese Weise traktierte.

»Du kriegst mehr Perlen.«

Balthasar hielt in seinem angsterfüllten Bibbern inne. Sein rastloser Blick verharrte auf der Gestalt des Kobolds und ein Glimmen trat in seine Augen.

»Wie viele?«

»Das Doppelte.«

»Ich will hundert!«

Schmafou tat so, als müsse er die Zahl im Kopf über-
schlagen und wäre sich nicht sicher, ob dieser Preis
womöglich zu hoch war. Schließlich aber nickte er –
beziehungsweise seine Spitzohren.

»Geht klar. Hilfst du mir jetzt?«

Balthasar zögerte und warf einen unsicheren Blick in
Richtung Marktplatz.

»Also gut«, sagte er dann – doch war ihm an der Na-
senspitze anzusehen, wie wenig begeistert er von seinen eigenen Worten war. »Wir können uns das Schiff ja
mal aus der Entfernung ansehen.«

Na bitte, dachte Schmafou zufrieden. *Auf die Gier der
Menschlinge ist Verlass!*

Dalail wankte aus dem Kastell ins Freie. Seine blutende
Nase stand besorgniserregend schief und das linke
Auge fühlte sich an, als wäre es mehr Pudding als Seh-
organ.

Sein letzter Kommentar war ganz offensichtlich zu
weit gegangen. Isegrim Wolfsklaue hatte ihm drei
Stunden gegeben. Noch bevor die sinkende Sonne den
Horizont berührte, musste er eine Lösung für das Problem parat haben, sonst würde er den Sonnenaufgang
nicht mehr erleben.

Dalail wunderte sich insgeheim, wie mannhaft er die
Verletzungen in seinem Gesicht ertrug – und das gänz-

lich ohne lindernde Salben oder heilende Zaubersprüche. Es schien fast so, als hätten ihn die Ereignisse der vergangenen Stunden körperlich abgehärtet.

Allerdings gab es auch eine weitere, weniger erquickende Möglichkeit: Unter Umständen hatte er heute Morgen seinen Hopfen-Teebeutel mit dem Säckchen Nervengift der Tintenherzspinne verwechselt.

Nein, dachte Dalail überzeugt und schüttelte den Kopf. *In diesem Fall müsste ich längst den Verstand verloren haben.*

Aurelia beäugte verstohlen die Gestalt des Magiers, während sie dem Zauberer unauffällig auf den Fersen blieb. Dank ihrer Verkleidung hatte sie das Gespräch zwischen Dalail Amar und Isegrim Wolfsklaue belauschen können, ohne entdeckt zu werden. Was sie vernommen hatte, war zwar nicht die Antwort auf ihre Frage nach dem Verbleib Melchiors gewesen, doch hatte sie die dunkle Ahnung, dass sein Verschwinden mit dem Schiff im Hafen in Zusammenhang stand.

Darüber hinaus waren ihr während der Unterhaltung die Worte von Arnold, ihrem Haustroll, in den Sinn gekommen. Auch er hatte von einem Dämon gesprochen. Das Beste wäre wohl gewesen, wenn sie sich aus ihrer Deckung gelöst und Dalail Amar zur Rede gestellt hätte.

Indessen barg dieses Vorhaben ein klitzekleines Problem: Vor drei Sonnenzyklen war sie mit dem Zauberer in seinem Scherbenturm zusammengetroffen. Damals war es ihr sehnlichster Wunsch gewesen, sich zu einer Magierin ausbilden zu lassen. Doch Dalail Amar hatte abgelehnt – mehr noch: Nach ihrem kurzen Gespräch, bei dem Aurelia eine winzige Bemerkung zu den perfekt manikürten Fingernägeln des Zauberers herausgerutscht war, hatte ihr Dalail befohlen, ihn niemals wieder aufzusuchen oder gar anzusprechen, sonst würde er sie in eine stinkende, von Warzen übersäte Kröte verwandeln.

Heulend war Aurelia aus dem Scherbenturm geflohen und hatte sich geschworen, nie mehr in die Nähe des Magiers zu gelangen. Mit einem solchen Exzentriker, dem der Zustand seiner Fingernägel mehr am Herzen lag, als das Wohlergehen seiner Mitmenschen, wollte sie nichts zu tun haben.

Jetzt sah es freilich anders aus. Wenn sie erfahren wollte, was es mit diesem dämonischen Schiff und dem Verschwinden Melchiors auf sich hatte, blieb ihr nichts anderes übrig, als ihren Schwur zu brechen und Furcht wie Abscheu zu überwinden.

Es gibt keinen Ausweg, dachte sie. *Es geht um Melchior, ich muss es tun.*

Als hätte diese lautlose Entscheidung nach einem Einspruch verlangt, vernahm Aurelia eine tiefe, unangenehm kratzende Stimme: »Stillgestanden, Gefreiter!«

~*~

Hinter Aurelia war ein Berg von einem Mann erschienen. Der mindestens zwei Meter große Krieger trug eine auf Hochglanz polierte Rüstung. Seine Arme hatte er bedrohlich in die Hüfte gestemmt und warf Aurelia einen durchdringenden Blick aus smaragdgrün funkelnden Augen zu.

Selbst wenn Aurelia Flucht in Erwägung gezogen hätte – durch das unerwartete Auftauchen des Riesen war sie zur Reglosigkeit erstarrt.

»Ihr könnt euch hundertmal hinter zu großen Rüstungen und unpassenden Kleidern verbergen, ich finde euch trotzdem, Gefreiter Würmling!«

Es dauerte einige Sekunden bis Aurelia begriff, was der Hüne damit meinte. Offenbar war ihre Verkleidung besser, als sie zu hoffen gewagt hatte.

»Ich, äh …«, murmelte sie und bemühte sich, ihrer Stimme einen tiefen Klang zu geben.

»Ich will eure Ausrede gar nicht hören«, krächzte der Gigant und packte Aurelia am Oberarm. »Wir haben einen Notfall. Da brauchen wir jeden Soldaten, auch solche Nichtsnutze, wie Ihr einer seid.«

»Was ist denn passiert?«, wagte Aurelia zu fragen.

Der Riese warf ihr einen Blick zu, als wäre er sich nicht sicher, ob sie einer Antwort würdig sei.

»Irgendein Verrückter hat mit schwarzer Magie herumgespielt«, sagte er. »Und das auch noch mitten am Marktplatz.«

~ * ~

Die schluchzenden Laute kamen aus Richtung der Wendeltreppe. Leonys musste zugeben, dass sie äußerst real klangen. Für ihren Geschmack zu real.

»Lass mich vorgehen«, flüsterte sie und zog ihr Harakiri-Schwert. »Du bist unbewaffnet.«

»Ich glaube nicht, dass wir mit Waffen etwas ausrichten können«, murmelte Melchior und betrat die Wendeltreppe als Erster.

Die Stufen knarrten und knackten beunruhigend, als sie behutsam in die Tiefe stiegen. Unten angekommen erwartete sie ein niederer Gang, der an einer geschlossenen Holztür endete.

Dieses Tor wirkte auf Leonys wenig einladend. Eine dunkle Aura ging von ihm aus, ein hämisches Glucksen waberte um die Öffnung wie ein Schleier aus umtriebigen Nebelschwaden. Schwarze Schlieren krochen über die hölzerne Oberfläche gleich den Schatten zerrissener Wolkenfetzen in einer Vollmondnacht. Wäre sie allein gewesen, hätte es sich Leonys dreimal überlegt, die Pforte zu durchschreiten. Indessen ahnte sie, dass sie Melchior nicht zurückhalten konnte – das Weinen des Kindes drang geradewegs durch diese Tür.

Der Hafenwachmann zögerte nicht und warf sich gegen das Tor. Quietschend schwang es auf und enthüllte einen geräumigen, doch beinahe leeren Raum, in dessen Mitte eine einsame Laterne brannte. Das Schluchzen kam aus dem rückwärtigen, im Dunkel liegenden Teil der Halle.

»Melchior, vielleicht sollten wir …«

Doch der Soldat war bereits durch die Öffnung getreten und marschierte mit hoch erhobenem Quellfeuer auf den weinenden Singsang zu. Leonys fluchte leise, stieß ihr Schwert in die Scheide zurück und folgte Melchior in der Gewissheit, soeben den Rachen des Löwen zu betreten.

Schlagartig verstummte das Jammern, die Tür hinter ihnen fiel krachend ins Schloss und die gefühlte Temperatur sank innerhalb weniger Augenblicke um mehrere Grad.

»Sieh an, sieh an«, hauchte eine ebenso geisterhafte wie melodische Stimme durch den Raum. »Ich habe Gäste …«

Dalail saß weit nach vorne gebeugt auf dem gepolsterten Stuhl seines Arbeitstisches und feilte missgelaunt an seinen Fingernägeln herum. Er hatte nicht die geringste Lust, seinen geliebten Scherbenturm zu verlassen und sich eine andere Bleibe zu suchen, weit fort von der Stadt. Denn genau dies war sein Plan, sofern ihn nicht beizeiten die göttliche Erleuchtung traf.

Dalails Blick wanderte durch die Werkstatt, blieb an dem einen oder anderen Elixier hängen, flog über die zahlreichen Buchrücken – nicht wenige mit Titeln wie »Nagelmagie«, »Maniküre, ein erfüllender Zeitvertreib« oder »Frauen lieben schöne Hände« – und verharrte an dem kleinen Tisch in der Ecke. Ein grober Leinensack lag darauf und in ihm verbarg sich …

Im Nu war Dalail auf den Beinen. Vielleicht konnte ihm ja dieses Ding weiterhelfen. Eilig streifte er sich Handschuhe über, sprach zur Sicherheit ein paar Schutzzauber und beförderte anschließend den Inhalt des Beutels ans Tageslicht. Leider musste er sich sogleich eingestehen, dass dieses Etwas wohl keine Lösung für sein Problem parat hatte.

Der Apfel stank nicht mehr. Genauer gesagt roch er nach überhaupt nichts. Er verbreitete keinerlei Ausdünstung, leuchtete bloß anrüchig in seiner knallig roten Färbung. Dafür war er auch nicht mehr still.

Ojemine, dachte Dalail, als er den betörenden Gesang des Apfels vernahm. *Mir schwant Übles.*

Der Griff des Riesen war eisern wie eine Stahlfaust. Aurelia wagte es nicht, sich dagegen zu wehren, aus Angst, der Mann könnte ihr kurzerhand den Arm brechen. Flüchtig war ihr der Gedanke gekommen, den Soldaten wie die beiden Krieger im Kastell mit einem Schlafzauber zu belegen – allerdings war sie nicht davon überzeugt, dass der Spruch auch bei einem Menschen mit solchen Körpermaßen Wirkung zeigte. Außerdem mochte ihr Vorhaben den Koloss in Rage bringen und das wollte sie mit Sicherheit nicht riskieren. Folgsam trottete sie neben dem Riesen her und tat so, als würde sie sich mit ihrem Schicksal abfinden.

Der Marktplatz glich einem Schlachtfeld. Mehrere Buden waren zertrümmert und Warenstände verwüstet worden. Fleisch, Obst und Gemüse bedeckten den Boden, klebten an den Wänden und selbst den Dächern der umliegenden Gebäude. Dutzende Personen lagen oder saßen im Dreck, starrten ohne zu Blinzeln geradeaus und schienen jeden Bezug zur Realität verloren zu haben.

»Du meine Güte«, murmelte Aurelia und vergaß dabei völlig auf den Klang ihrer Stimme zu achten.

»Ja, sieht schlimm aus«, brummte der Riese, der Aurelias Arm losgelassen hatte und sich gleichmütig an eine Hauswand lehnte. »Aber es dürfte niemand ums Leben gekommen sein. Nur einige Verletzte und die apathischen Menschen überall. Wir hoffen, dass Dalail Amar bald eintrifft und ihnen helfen kann.«

Das glaube ich kaum, dachte Aurelia, schwieg jedoch und betrachtete eine Horde vorbeistürmender Kinder, die das Chaos nicht zu irritieren schien und die fröhlich lachend »Das blaue Auge, das blaue Auge!« brüllten. Gut dreißig Soldaten bevölkerten den Marktplatz, halfen Ladenbesitzern beim Aufstellen ihrer Zelte und bemühten sich – offenbar vergeblich – den stumm dasitzenden Menschen eine Reaktion zu entlocken.

In diesem Augenblick kam Aurelia ein Gedanke. Womöglich wusste ihr hartnäckiger Begleiter Bescheid!

»Ist das dort drüben Melchior Sternsinger?«, fragte sie und deutete in die Menge.

Der Riese an ihrer Seite folgte dem Wink und schüttelte den Kopf. »Der oberste Hafenwachmann? Glaub ich kaum. Angeblich hat den ja das Schiff gefressen.«

»Wie bitte?« Aurelia spürte, wie sie ein heftiges Schwindelgefühl erfasste und sie stützte sich hastig an einem Holzsteher ab.

»Ja«, plauderte der Riese weiter, dem Aurelias Verhalten nicht auffiel. »Soll gemeinsam mit Leutnant Federzunge vom Schiff verschluckt worden sein. Aber Genaueres weiß keiner.«

Aurelias Beine wurden weich und sie fühlte ein aufkeimendes, dumpfes Rumoren in ihrem Unterleib.

»Alles in Ordnung?«, erkundigte sich der Koloss und warf ihr einen scharfen Blick zu.

»Mir ist schlecht«, murmelte Aurelia – was durchaus der Wahrheit entsprach.

»Ja, ja, schon klar«, grunzte der Hüne und packte Aurelia am Oberarm. »Genug gegafft, jetzt wird gearbeitet.«

»Nein, du verstehst nicht. Ich muss … zum Schiff, zu Melchior …«

Der Soldat grinste breit und zog Aurelia in die Senkrechte. »Nichts da. Ihr werdet schön brav mithelfen, wie alle …«

»Nein!« Aurelia schrie auf, wand und drehte sich im Griff ihres Peinigers, stach mit ihren Fingernägeln in den ungeschützten Handrücken des Kriegers.

Die Linien auf dem Gesicht des riesenhaften Mannes vertieften sich und ein unheilvolles Leuchten trat in seine Augen. Er riss den zweiten Arm empor, holte aus – und erstarrte. Seine Pupillen weiteten sich, als er einen Punkt hinter Aurelia fixierte.

»Scheiße«, entfuhr es ihm.

~*~

Als sich Aurelia umwandte, sah sie gerade noch einen monströsen, bedrohlich wirkenden Schatten hinter der nächsten Hausecke verschwinden.

»Wartet hier«, zischte der Hüne an ihrer Seite, zückte sein Schwert und folgte der Gestalt im Laufschritt.

Aurelias Herzschlag beschleunigte sich, sobald ihr Begleiter hinter der Biegung verschwand. Sie war davon überzeugt, dass der Schatten keine menschlichen Umrisse aufgewiesen hatte.

Mehrere Augenblicke verstrichen, dann ertönte ein dumpfer Laut, ein vernehmliches Scheppern und ein abgehackter Schrei, der übergangslos verstummte. Ein Quietschen und Mahlen hob an, als nehme eine monströse Maschine den Betrieb auf. Aurelia empfand zunehmendes Unbehagen und ein Kribbeln in den Zehen. Letzteres hatte sich schon oft als Vorzeichen einer drohenden Gefahr entpuppt.

Der riesenhafte Mann kam um die Hausecke getorkelt. Seine Rüstung war eingedellt, das Schwert verschwunden. Als er näher trat erkannte Aurelia, dass das Gesicht des Soldaten und der gesamte Körper wie bei einem Oger aufgedunsen und entstellt waren, als hätte der Krieger schlagartig hundert Kilo an Fettmasse zugelegt.

»Alles in Ordnung?«, fragte Aurelia mit zittriger Stimme, als der Riese auf sie zu schlingerte wie ein Schiff auf hoher See.

Das geschwollene Gesicht des Mannes verzog sich zu einer Grimasse, die entfernt an ein Grinsen erinnerte. Seine Hand schnellte vor, packte Aurelia an der Brust und hob sie samt Rüstung ohne erkennbare Anstrengung in die Luft.

»F'RUNKEL SAGT TÖTEN«, gurgelte der Koloss und schüttelte Aurelia wie einen Baum bei der Apfelernte.

Selbst Balthasars miserabler Geruchssinn konnte nicht darüber hinwegtäuschen, dass eine markante Veränderung eingetreten war: Das Schiff stank nicht mehr. Wenigstens nicht mehr so bestialisch wie noch vor einigen Stunden. Ein diffuser Odem schlechten Atems lag über dem Kahn, doch zog er sich beständig weiter zurück und verlor seine durchdringende Wirkung.

Balthasar wusste nicht so recht, ob er sich über diese Entwicklung freuen sollte; denn auf diese Weise löste sich eines seiner gewichtigsten Argumente, weshalb er das Schiff auf keinen Fall betreten konnte, buchstäblich in Luft auf.

»Und du bist dir sicher …«, hob er zum dritten oder vierten Mal in den vergangenen Minuten an.

»Jaja«, drängelte Schmafou und führte Balthasar an eine winzige, unbelebte Meeresbucht, die versteckt zwischen fensterlosen Gemäuern lag. »Los jetzt, der Eiter fängt gleich an zu singen!«

Der Klabauter berührte Balthasar flüchtig an den Fingern und ein heftiges, aber nicht unangenehmes Ziehen wanderte die Haut des Soldaten empor, umspannte seine Hand, den Arm und nach wenigen Sekunden seinen gesamten Körper.

Schmafou nickte zufrieden, wandte sich um und hechtete mit einem freudigen Jauchzen kopfüber in die See.

Balthasar trat an die Leiter heran, die am Rand der Bucht in den Felsen getrieben war, und umklammerte sie wie einen Schraubstock; allerdings nur mit einer Hand. Seine Zähne waren viel zu sehr mit den Nägeln der anderen beschäftigt.

Ich bin verrückt, dachte Balthasar und spürte, wie die ersten Meereswogen seine Beine umspülten. *Vollkommen durchgeknallt.*

Dalail konnte nicht sagen, ob es besonders klug war, was er da tat. Seine letzte Begegnung mit der Besitzerin des malerisch am Waldrand gelegenen Häuschens hätte ihn beinahe das Leben gekostet.

Andererseits wusste er sich keinen Rat mehr – und da die Zeit drängte, hatte er sogar seinen letzten Portalschlüssel darauf verwendet, einen Weltenspalt zwischen dem Scherbenturm und der etwa drei Kilometer südlich der Stadt gelegenen Hütte zu errichten. Dadurch blieb es ihm auch erspart, den staubigen und somit nicht seidenhemdfreundlichen Freypfad zu beschreiten.

Mit beiden Fäusten hämmerte Dalail gegen die mit Runen und Zaubersprüchen versehene Eichentür. Er wollte keinesfalls den Eindruck erwecken, als wäre sein Anliegen ein Thema, das man gemütlich bei einer Tasse Tee besprechen konnte; denn diese *Gemütlichkeit* endete an diesem Ort meist mit großen Schmerzen.

Sogleich sprang das Tor nach innen auf und Dalail betrat den mit Vorhängen abgedunkelten Eingangsraum. Wie bei seinem letzten Besuch lag der Duft von Weihrauch und Myrrhe in der Luft und das Zwitschern und Wispern unzähliger Elementarwesen drang auf ihn ein.

»Dalail, mein Schatz!« Eine vertraute Gestalt trat aus dem angrenzenden, von Sonnenlicht durchfluteten Wohnraum und auf den Magier zu. Das helle Tageslicht beschien die üppigen Kurven und sympathischen Gesichtszüge einer etwa fünfzigjährigen Frau. »So sehen wir uns wieder.«

Die Schlimmerlandhexe war eine überaus aparte Persönlichkeit. Neben ihrem fröhlichen Wesen bestach sie durch schier unglaubliches Wissen, Hilfsbereitschaft und Geistesschärfe. Ihre Fähigkeiten überstiegen – zugegeben – selbst Dalails Künste. Dennoch verirrte sich kaum jemand in die Nähe ihrer Behausung, was unter anderem an ihrer Vorliebe für junge Männer lag.

»Ich grüße dich, Morgaine«, sagte Dalail förmlich und verneigte sich.

»Ach, lass doch diesen Schnickschnack.« Die Hexe lachte, ihre Pausbacken leuchteten wie reife Äpfel. »Komm an meine Brust!«

Schon hatte sie Dalail ergriffen und drückte ihn so fest gegen ihre beeindruckende Oberweite, dass dem Zauberer die Luft wegblieb.

»Du hast zugenommen, Schatz«, stellte Morgaine fest, als sie den Magier aus ihrer Umklammerung entließ und in ihr behaglich eingerichtetes Wohnzimmer führte.

»Nur das, was du abgenommen hast«, log Dalail.

»Du alter Charmeur, du.« Die Hexe kicherte und warf ihm einen neckischen Blick zu. »Was verschafft mir das Vergnügen deines unerwarteten Besuchs?«

»Mein Todesurteil«, sagte Dalail.

»Ein besonders kniffliger Fall«, meinte die Schlimmerlandhexe, als Dalail mit seinem Bericht geendet hatte. »Aber lösbar.« Sie trat an ihr überfülltes Bücherregal heran und zog die Stirn in Falten. »Wo hab ich es denn bloß … Ah, hier ist es!«

Morgaine griff nach einem steinalten Folianten, dessen Einband kaum die vergilbten Seiten zu halten vermochte, und schlug ihn auf.

»Kommt sichtbar nicht, wenn Eiter singt, versteckt im Licht, mit Feuer ringt«, rezitierte sie.

»Hä?«, sagte Dalail und hielt seine Wortmeldung in Anbetracht der Umstände noch für einen verhältnismäßig geistreichen Kommentar.

»Das ist alles, was hier steht. Leider fehlen weitere Erläuterungen. Dieses Werk enthält die gesammelten und handgeschriebenen Aufzeichnungen des legendären Waldtrolls Merlin. Die Trolle bezeichnen einen sich einnistenden Dämon – wie die meisten Geschöpfe – als Furunkel und nicht als Blähbock.«

»Mehr hast du nicht?«, getraute sich Dalail zu fragen.

»Oh doch – das hier.« Morgaine knallte dem Magier einen Stapel vergilbter Papierblätter vor die Nase. »Die Mitschrift meines Urgroßvaters über das Gespräch mit einem Klabauter namens Pallawatsch. Auf Seite zweihundertdreizehn wird es interessant.«

»Ojemine«, ächzte Dalail, als er die Stelle überflog, rollte das Blatt zusammen und sprang auf. »Ich muss sofort los!«

Morgaine schnappte ihn am Seidenhemdsärmel und flüsterte ihm ins Ohr: »Hast du nicht etwas vergessen, Schatz?«

»Wie?« Dalail erstarrte.

»Meine Belohnung.«

Dem Zauberer lief es kalt den Rücken hinab. Auch das noch!

»Ähm …«

»Wenn du willst, darfst du mich auch bestrafen.«

Das ließ sich der Magier nicht zweimal sagen. Er wandte sich um, holte aus und schlug mit aller Kraft auf Morgaines Hinterteil ein, sodass unartig klingende, klatschende Laute, gepaart mit »Ja, ja, fester!« Rufen der Hexe durch die Hütte schallten.

Nach einer Minute hielt Dalail keuchend inne und unterzog seinen perfekt gefeilten Nägeln einer genauesten Inspektion. »Zufrieden?«, schnaufte er.

»Du hast nachgelassen, Schatz.« Morgaine erhob tadelnd den Zeigefinger. »Normalerweise würde ich dich nach einer derart milchgesichtigen Bestrafung nicht freigeben – aber da es um dein Leben geht …« Sie wedelte gönnerhaft mit der Hand.

Dalail verbeugte sich schweigend und eilte auf die Eingangstür zu. Seine Handfläche brannte höllisch und er wollte nicht, dass ihm ein Schmerzenslaut entglitt.

»Ach übrigens.« Morgaine hielt ihn ein weiteres Mal zurück und warf ihm einen belehrenden Blick zu. »An deiner Stelle würde ich mehr Bewegung machen.« Die Augen der Hexe glänzten verdächtig, als sie hinzufügte: »Zufällig kenne ich ein paar hervorragende Trainingsmethoden.«

Die Stimme füllte die Leere des Raumes aus, wie der dröhnende Klang einer Kirchenglocke. Sie drang aus den Wänden, dem Boden und der Decke, als befänden sich Leonys und Melchior nicht länger auf einem Schiff, sondern in einer gewaltigen Mundhöhle – gebildet aus rötlich schimmerndem Holz, mit Zähnen aus eisenverstärkten Fässern und einem bedrohlich schwarzen Rachen, in dem die einsame Laterne erglühte wie ein Meteor in mondloser Nacht.

»Es freut mich, eure Bekanntschaft zu machen, Leonys Federzunge und Melchior Sternsinger«, erklang der melodische Singsang erneut.

Die Halbelfe spürte, wie sich ihre Nackenhaare sträubten. *Woher kennt dieses Wesen unsere Namen? Vermag es Gedanken zu lesen?*

»Wer bist du?«, hauchte Leonys.

Ein vibrierendes Lachen huschte wie ein Flötenspiel durch den Raum. »Ich bin jemand, der vieles weiß und vieles kennt, doch niemals seinen Namen nennt.«

»Wo ist unser Sohn?«, brauste Melchior auf. »Was hast du mit ihm getan?«

»Oh, es geht ihm gut«, meinte der Singsang. Gleich darauf ein Kichern. »Den Umständen entsprechend. Das Elbenblut in seinen Adern gewährt ihm einen gewissen Vorteil.«

»Gib ihn frei«, sagte Leonys und bemühte sich, ihre Worte selbstsicher klingen zu lassen. »Und die anderen Kinder auch.«

Ein hohes, schelmisches Glucksen brandete durch den Raum. »Das geht nicht«, erwiderte die Stimme. »Wen ich berühre, der ist mein. Auch glaube ich nicht, dass ihr in der Lage seid, mir Befehle zu erteilen.«

Melchior bebte vor ohnmächtiger Wut und schwenkte das Quellfeuer hektisch hin und her. »Wo bist du?«, brüllte er. »Zeig dich!«

Erneutes Lachen. »Ich bin überall. Ihr seht mich, ohne mich sehen zu können.« Ein kurzer Moment der Stille trat ein und es war, als würde ein dunkler Schatten durch den Raum huschen.

»Wie auch immer«, fuhr das Flüstern fort. »Es wird Zeit.«

Ein Rascheln ließ Leonys und Melchior herumfahren. An der Tür, durch die sie vorhin getreten waren, bewegte sich etwas; etwas Großes, Formloses, mit unzähligen Gliedmaßen, langen Fangarmen und rötlich schimmernder Haut.

»Leider kann ich euch nicht gestatten, mich lebend zu verlassen«, plauderte die Stimme weiter. »Aber bitte nehmt es nicht persönlich.« Einmal mehr hob ein engelhaftes Kichern an. »Ich töte euch nur, weil es mir Freude bereitet.«

Aurelias Zähne schlugen mit brutaler Wucht aufeinander, als sie der Hüne beutelte wie eine Stoffpuppe. Ihre Knochen und Muskeln schienen sich aufzulösen und völlig verdreht wieder zusammengesetzt zu werden. Aurelia war davon überzeugt, dass ihr der Riese jeden Moment die Wirbelsäule brechen würde.

Unvermittelt hielt der Mann inne, neigte das aufgedunsene Gesicht zur Seite. Er blinzelte überrascht und setzte Aurelia mit einem unwilligen Grunzen zurück auf den Boden. Allerdings gab er sie nicht völlig frei, sondern umklammerte ihre linke Schulter mit der Kraft eines Schraubstocks.

Als Aurelia den Kopf wandte, meinte sie ihren Augen nicht zu trauen. Hinter ihr stand ein wahres Ungeheuer. Das monströse Geschöpf, beinahe ebenso groß und viel massiger als der Riese, besaß einen dicht behaarten, unförmigen Schädel, war in eine braunrote Lederrüstung gehüllt und trug eine gewaltige, mit Nägeln besetzte Keule. Erst auf den zweiten Blick begriff sie, um wen es sich handelte: Es war Arnold, ihr Haustroll.

Aurelia stand der Mund offen. Sie kannte ihren treuen Helfer nur als wortkargen, dabei aber sehr fleißigen, umgänglichen und jedenfalls völlig harmlosen Begleiter. Doch wie er in jenem Augenblick vor ihr stand – gepanzert, die winzigen Augen zusammengekniffen, mit entblößten Reißzähnen und angriffsbereit erhobener Waffe – wäre sie am liebsten einen Schritt zurückgewichen.

»ZEIG GESICHT, FURUNKELS LICHT«, knurrte der Troll und schwang seine imposante Keule, die Aurelia vermutlich nicht einmal mit beiden Händen hätte bewegen können.

Der riesenhafte Mann erstarrte. Seine Hand löste sich von Aurelias Schulter und fiel kraftlos herab. Gleichzeitig veränderte sich seine Gestalt. Der Hüne wuchs empor, seine Proportionen verzerrten sich und die Panzerplatten fielen klappernd zu Boden. Ein langes, mit dolchartigen Zähnen besetztes Maul schob sich unter dem Helm hervor. Eine reptilienhafte Extremität wuchs aus seinem Hinterteil und die grobschlächtigen Soldatenhände mutierten zu scharfzackigen, mit schleimigen Fischhäuten gesäumten Klauen.

Ein Grendel! Aurelia schrie auf und presste sich furchtsam gegen die Hausmauer. Auch wenn sie noch nie einem solchen Wesen begegnet war, kannte sie die Geschichten und Erzählungen, die man über jene Geschöpfe verbreitete. Falls auch nur die Hälfte davon der Wahrheit entsprach, dann …

Der Grendel fauchte wie ein in die Enge getriebener Bergdrache, duckte sich – und sprang den Haustroll an. Arnolds Reaktionsschnelligkeit überraschte nicht nur Aurelia. Das amphibische Scheusal wurde mitten im Satz von der wirbelnden Keule getroffen und mit vernichtender Gewalt gegen einen steinernen Pfosten geschleudert.

Für einige Sekunden hielt der gesamte Marktplatz den Atem an. Dann jedoch wurden Schreie laut, Rufen hallten über den Basar und entsetzte Blicke wandten sich in ihre Richtung.

»Danke«, hauchte Aurelia und sah in das ausdruckslose Gesicht des Trolls. »Wenn ich geahnt hätte …«

»GEH ZUM SCHIFF«, unterbrach sie Arnold und griff unter seine Lederrüstung. Er zog ein unscheinbares, von einem groben Bindfaden gehaltenes Holzamulett hervor und drückte es der jungen Frau in die Hand. »RETTE MELCHIOR. BEVOR FURUNKEL SINGT.«

Aurelia starrte auf den gebogenen Gegenstand in ihrer Hand. Sie hatte nicht gewusst, dass Arnold ein solches Amulett besaß.

»Kommst du nicht …?« Doch die Worte blieben ihr im Hals stecken. *Unmöglich*, dachte sie. *Das kann nicht sein!*

Der Grendel regte sich, kam schwankend auf die Beine und schüttelte den Kopf, als müsse er die harmlosen Nachwirkungen einer Ohrfeige abschütteln.

»GEH!«, donnerte Arnold und gab Aurelia einen derben Stoß, der sie einige Schritte auf den Marktplatz taumeln ließ.

»Aber …«

»SBIEDI GONZALES!«

Diese zwei Worte hatten eine schier unglaubliche Wirkung. Aurelia war unbegreiflich, woher sie die plötzliche Kraft, Entschlossenheit und Sicherheit nahm. Ohne ein weiteres Wort zu verlieren, wandte sie sich um, riss sich den Helm vom Kopf und stürmte in Richtung Hafen davon. Ihre langen blonden Haare flatterten wie die Mähne eines galoppierenden Einhorns hinter ihr her.

Im Grunde war es nicht so schlimm, wie Balthasar befürchtet hatte. Genau genommen traf eher das Gegenteil zu.

Balthasar fühlte sich leicht wie eine Feder, als er mit vergnügten Sprüngen über den Meeresboden hopste. Um ihn herum schwammen bunte Fischschwärme, tanzten Meernixen und selbst ein Kelpie tauchte aus seinem Schlammloch und warf ihm einen verwunderten Blick zu.

Feine Sache, so eine wasserdichte Hülle, dachte Balthasar und betrachtete seinen Arm, über den sich eine durchsichtige, gelartige Masse gelegt hatte. Sogar atmen konnte er wie gewöhnlich und obendrein war seine Körperbeherrschung besser denn je.

Balthasar stieß sich vom Meeresboden ab, schlug ohne Schwierigkeiten einen doppelten Salto und fügte auch noch einen Handstandüberschlag hinzu.

»Mach Tempo, Menschling!«, erklang eine schrille Stimme direkt an seinen Ohren, sodass der Hafenwachmann schmerzlich das Gesicht verzog.

»Jaja«, erwiderte Balthasar mürrisch und wandte sich dem neben ihm paddelnden Klabauter zu. »Ich komme schon.«

Sie näherten sich dem dunkelrot glänzenden Schiffsrumpf des Ringlotten-Kreuzers. Schmafou hatte behauptet, dass der Furunkel nicht unter die Wasseroberfläche blicken konnte. Balthasar hoffte inständig, dass dem tatsächlich so war – denn bis auf den magischen Hautanzug war er völlig wehrlos.

Der Kobold schwamm zum getauchten Heck des Kahns und fuhr mit seinen Händen in sanften Bewegungen über das Holz, als würde er ein Pferd streicheln. Nach einer Weile krallten sich seine Finger in eine winzige Vertiefung an der Oberfläche der Planken und er zog und zerrte mit aller Macht.

»Hilf mir!«, quietschte Schmafou und winkte Balthasar heran.

Der Soldat erkannte, dass eine schmale Einstiegsluke in den Rumpf des Schiffes eingelassen war, vermutlich ein ehemaliger Zugangsort für Schmuggler. Balthasar griff in die Mulde, spannte seine Muskeln – und die Klappe schwang mit erstaunlicher Leichtigkeit nach außen auf.

Ein Schwall Luftblasen kam ihnen entgegen, dann offenbarte sich ein dunkler Gang, der sacht nach oben geneigt in das Herz des Schiffes führte.

Schmafou schien von seinem Plan zur Gänze überzeugt, denn er schwamm kommentarlos hinein und deutete dem Soldaten, ihm zu folgen.

Balthasar zögerte. Er ahnte, dass dies seine letzte Gelegenheit war, Fersengeld zu geben, die letzte Möglichkeit, dem vermutlichen Grauen an Deck des Schiffes zu entrinnen. Andererseits stellten hundert Perlen ein ansehnliches Vermögen dar. Vermutlich würde er nie mehr arbeiten müssen. Ein überaus verlockender Gedanke.

Wenn man's genau betrachtet, dachte Balthasar, *nehmen wir den Furunkel grad von hinten.* Er grinste und fuhr sich durch seine zotteligen Locken.

Was soll's, sinnierte er weiter und folgte dem Klabauter durch den schmalen Einlass in das Innere des Schiffes. *Es gibt schlimmeres, als ein Arschkriecher zu sein.*

»Ihr meint, es wird noch schlimmer?« Isegrim Wolfsklaue stand da wie vom Donner gerührt.

Dalail nickte knapp und deutete auf das Blatt Papier in seiner Hand. »Hier ist auch zu lesen, dass der Blähbock Diener besitzt, die in Gestalt von Menschen auftreten können. Die Ereignisse am Marktplatz, wie ihr sie mir geschildert habt, könnten durch die dunkle Magie des Furunkels ausgelöst worden sein. Seine Macht wird größer, je länger das Schiff im Hafen vor Anker liegt.«

»Leutnant Federzunge?« Isegrims Stimme war beherrscht, aber dem Magier entging nicht die stille Wut darin.

Dalail zuckte die Schultern. »Ich fürchte, ihre Chancen stehen schlecht. Meine Schutzzauber müssten bereits vor einiger Zeit versagt haben.«

Ein schmächtiger Soldat trat auf Isegrim zu, salutierte und verkündete mit piepsiger Stimme: »Lord Goldschopf und Fürstin Grünauge bitten noch immer um eine …«

»Nein«, fuhr der Hauptmann dazwischen und seine Stimme war herrisch wie zuvor. »Ich habe keine Zeit für ihr Gelaber. Richtet ihnen aus, dass ich alles in meiner Macht Stehende unternehmen werde, um Leutnant Federzunge lebend zurückzuholen – und jetzt raus hier!«

Der Soldat gehorchte augenblicklich und hastete aus dem Saal.

Isegrim holte tief Luft, verschränkte die Arme hinter dem Rücken und wandte sich Dalail zu. »Wie war das mit diesen … Äpfeln?«

»Sie werden singen, und zwar bald.«

»Aha. Das bedeutet was?«

»Ich vermute, dass der Gesang eine Art Lockruf darstellt; wahrscheinlich, um weitere Menschen auf das Schiff zu ziehen.«

»Wie sehen unsere Alternativen aus?«

»Der Blähbock kann sich nicht auf Anhieb von seinem Wirt lösen. Er benötigt einige Zeit, bis er sein Wesen von der toten Hülle, die ihn beherbergt, trennen kann. Wenn es uns gelingt, seine Lebensader zu durchschneiden und gleich darauf das Schiff zu zerstören, müsste er vernichtet werden.«

»Wie viel Zeit haben wir zwischen diesen beiden Maßnahmen?«

»Ich schätze ein, zwei Stunden.«

Isegrim nickte und nahm einen Schluck aus dem Bierkrug, den er garantiert nicht zufällig neben sich auf den Tisch gestellt hatte. »Wie sicher sind eure Informationen?«

»Gar nicht.« Dalail hauchte die Fingernägel seiner linken Hand an und begann sie mit einem Seidentuch zu polieren. »Die Annahmen beruhen auf den Aussagen von verschrobenen Trollen und verrückten Klabautern. Unsere Erfolgsaussichten könnt Ihr euch daher selbst ausrechnen.«

»Hervorragend.« Isegrim knurrte und ließ seine Fingergelenke knacken. »Aber wir haben keine andere Wahl. Also wo befindet sich das Herz dieses Dämons?«

»Irgendwo am Schiff«, erwiderte Dalail. »Aber ich würde es eher als Auge bezeichnen. Zumindest dem Bericht nach.«

»Und wie können wir es zerstören?«

»Geeignet wäre eine Klinge aus Elbenstahl, ein Schwert, geschmiedet über den Flammen von Drachenfeuer, oder auch …«

Isegrim griff über seine Schulter und riss den gewaltigen Zweihänder von seinem Rücken.

»Elbenstahl«, sagte er und betrachtete liebevoll die silbern glänzende Oberfläche der Schneide. »Mein bestes Stück.«

Dalail kaschierte das aufkommende Kichern mit einem lautstarken Husten und fuhr fort: »Das Schiff sollten wir anschließend von Katapulten versenken lassen. Am besten verwenden wir Brandgeschosse, geteerte Sägespäne mit Raketenholzwürmern und in Schlurmspucke getauchte Sprenggranaten.«

»In Ordnung.« Isegrim winkte die wartenden Soldaten herbei. »Ihr habt gehört, was der Magier gesagt hat. Ich will, dass binnen einer Stunde sämtliche verfügbaren Katapulte gefechtsbereit vor Mole Nummer fünf in Stellung gebracht sind.«

Der Hauptmann wandte sich dem Magier zu. »Wir brechen unverzüglich auf. Momentan ist zwar nur meine Leibgarde verfügbar, aber ich setze auf die Wirkung eurer Schutzzauber.«

Dalail verzog die Lippen, eine Erwiderung wagte er jedoch nicht. *Zwei Faustschläge pro Tag sind definitiv genug*, schoss es ihm durch den Kopf, als er daran ging, die ersten Bannformeln zu sprechen.

In diesem Moment erklang ein lautstarkes Scheppern und empörte Rufe drangen von der Eingangstür herein. Ein Krieger stürmte in den Besprechungsraum und auf Isegrim zu. Der Soldat war völlig außer Atem, sein Helm saß schief und er blutete aus einer hässlichen Wunde an der Schulter.

»Hauptmann!«, keuchte er und fiel auf die Knie. »Am Marktplatz …« Seine Hände zitterten, als er sie gegen sein Wams drückte. »Ein Grendel. Ein Grendel greift uns an!«

Aurelia rannte wie noch nie zuvor in ihrem Leben. Sie wandte sich nicht um, kein einziges Mal, obwohl sie tobendes Gebrüll, Waffengeklirr und panische Schreie hinter sich vernahm. Die erschreckenden Geräusche wurden allmählich schwächer, aber verklangen erst, als sie das Blau des Meeres am Ende der Straße aufblitzen sah.

Mit einem Mal wusste Aurelia, was zu tun war. Sie wusste, wie sie Melchior befreien konnte. Und sie wusste auch, dass es um jede Sekunde ging.

Abermals beschleunigte Aurelia ihre Schritte. Sie flog förmlich über den kleinen Platz vor dem Hafenbereich und stürmte an zwei überraschten Soldaten vorbei, die den halbherzigen Versuch unternahmen, sie zurückzuhalten.

Ohne zu zaudern jagte sie auf Mole Nummer fünf zu. Aurelia warf sich Arnolds Amulett über, hechtete auf den Hafendamm und erblickte den improvisierten Laufsteg, der weiterhin das Schiff mit der Mole verband.

Sie fiel in einen raschen Trab, schälte sich noch in der Bewegung aus der sperrigen Rüstung und ließ sie achtlos in die Meereswogen fallen. Aurelia hatte die sichere Ahnung, dass sie der Panzer nur unnötig behindern würde. Behutsam kletterte sie auf die schwankenden Balken und sprang über die Brüstung auf das Schiffsdeck.

Prüfend sog Aurelia die Luft ein. Es roch unangenehm, aber der betörende Gestank war abgeklungen. Ihr Blick wanderte über die Bootsfläche und blieb an den unzähligen apfelartigen Gebilden hängen, die sich in einer stummen Melodie hin und her wiegten.

Beeilung! Der Gedanke erblühte in ihrem Geist, glasklar und ohne jeden Zweifel.

Aurelia wandte sich um und trat an die massiv wirkende Holztür des vordersten Aufbaus heran.

»Sesam, öffne dich«, sagte sie so ruhig, als hätte sie nicht gerade einen 500-Meter-Sprint hingelegt.

Ein qualvolles Stöhnen drang aus dem Inneren des Schiffes, dann schwang die Tür knirschend auf und offenbarte eine Treppe, die steil hinab in die Finsternis führte.

Nicht schlecht, dachte Aurelia und lächelte. *Ich hätte Einbrecherin werden sollen.*

Der unbekannte Angreifer schob sich näher heran, bedächtig aber zielstrebig, wie ein Knäuel aus sich windenden Riesenwürmern. Leonys spürte, wie Melchior ihre Hand ergriff. Sie ließ es geschehen, drückte sich an ihn und zog ihr Schwert. Wenigstens würde sie nicht kampflos sterben.

Das flackernde Licht des Quellfeuers erhellte ihren Gegner. Dieser war ebenso wenig menschlich wie organisch. Er bestand aus dem Boden der Kammer – eine mannshohe Wölbung des Untergrundes, die mit langen Fortsätzen aus Holzspänen, Metallstäben und bösartig zischenden Seilen ausgestattet war. Das Wesen glitt auf sie zu, gewann noch etwas an Größe, ragte hoch über ihnen empor – und fuhr zusammen.

»Interessant«, erklang die melodische Stimme. »Ihr habt eine beeindruckende, schützende Kraft bei euch. Aber auch sie wird nicht gegen mich bestehen.«

Erneut drang ein Lachen auf sie ein, schrill und gnadenlos. Dann ein Schlürfen und Glucksen, ähnlich dem Geräusch eines Stiefels, den man aus einem schlammigen Tümpel zog. Jäh glühte das Quellfeuer hell auf und beleuchtete die gegenüberliegende Wand des Raumes. Ein verzerrtes Gesicht zeichnete sich darauf ab, ein Körper, eindeutig menschlich, mit großen, wie erstarrt wirkenden Augen.

»Kasper …«, keuchte Melchior, riss sich von Leonys los und stürmte auf die Gestalt zu.

»Melchior, warte!« Leonys wollte den Soldaten am Arm zurückhalten, aber er war bereits außer Reichweite. Das krakenhafte Ding beschleunigte, raste Melchior hinterher und war über ihm, noch ehe dieser fünf Schritte getan hatte.

Leonys schrie auf, schwang ihr Schwert. Doch eine unsichtbare Kraft schlug ihr entgegen, bremste ihre Bewegungen, sodass sie sich vorkam wie im Inneren eines Honigtopfes.

Das Wesen schlang seine zischenden Tentakel um Melchior, zerrte ihn an die Wand des Raumes und stieß ihn dagegen. Für einen Augenblick glitten die scheinbar soliden Holzbalken auseinander, wie die Öffnung eines zahnlosen Mundes. Sie nahmen den sich heftig windenden Körper Melchiors auf und schlossen sich mit einem erschreckend endgültigen, saugenden Laut.

Leonys' Schrei überschlug sich. Eine Mischung aus Trauer, Wut und Verzweiflung entrang sich ihrer Brust. Sie spannte ihre Muskeln, stemmte sich gegen die unheimliche Kraft. Aber je mehr sie sich verausgabte, desto stärker schien ihr verborgener Widersacher zu werden.

»Augenscheinlich schützt der Zauber allein dich«, kicherte die Stimme. »Aber das macht nichts, jüngeres Blut hat ohnehin Vorrang. Damit dir dennoch nicht langweilig wird, habe ich …«

Die Stimme brach ab. »Oha«, sagte sie dann. »Das ging rascher als erwartet.«

~*~

Schmafou fühlte sich ruderwohl – überglücklich, tatendurstig und voller Energie. Es verlief alles nach Plan. Mit ein klein wenig klabautischer Schicksalshilfe konnte er den prachtvollen Ringlotten-Kreuzer schon in wenigen Minuten sein Eigen nennen.

Schmafou, du kluges Kerlchen, erging er sich in Selbstlob. *Deine Pläne sind ja so, so, so raffiniert!*

Der schmale Gang besaß eine Länge von zwei Metern. Er endete an einer magischen Membran, die verhinderte, dass das Wasser weiter in den Schiffsrumpf eindrang. Glücklicherweise stellte seine Durchquerung kein Problem dar; jedenfalls nicht für den Kobold. Der Menschling blieb mit seinen Schultern sehr unglücklich in den elementaren Knotenpunkten des Energieschildes hängen. Er fluchte und prustete wie ein liebestoller Donnerfisch. Erst mit tatkräftiger Unterstützung von Schmafou gelang es ihm, sich aus seiner misslichen Lage zu befreien.

Sobald der Soldat im Trockenen saß, schnippte Schmafou mit den Fingern und es materialisierte sich ein strahlender Heiligenschein um sein Haupt, der die Umgebung mehr als ausreichend erhellte. Der Klabauter drückte die Falltür am Ende des Schachtes auf. Sie kletterten in einen leeren Frachtraum, der allem Anschein nach (die knöcheltiefe Staubschicht war sehr überzeugend) seit Jahren nicht mehr betreten, geschweige denn gereinigt worden war.

»Pfui Teufel.« Balthasar blickte angeekelt an sich herab. »Das Zeug zerrinnt wie Butter.«

Der wasserdichte Anzug des Soldaten begann sich aufzulösen, was optisch danach aussah, als hätte er in Holzleim gebadet.

»Da geht's lang«, sagte Schmafou ungerührt und trippelte zielstrebig auf eine der drei Türen des Raumes zu.

»Woher weißt du das?« Balthasars Stimmlage schwankte zwischen leiser Skepsis und offenem Misstrauen.

»Klabautische Intuition.«

»Aha. Wie zuverlässig ist die?«

»Sehr.«

»Das heißt, du kannst mit …«

»Mach'n Punkt, Menschling!« Schmafou wedelte drohend mit seinen Spitzohren. »Wir haben keine Zeit für sinnloses Palaver.«

»Man wird ja noch fragen dürfen«, grummelte Balthasar und wischte sich die schleimige Masse aus dem Gesicht.

Die Tür ließ sich problemlos öffnen. Sie durchquerten einen weiteren, deutlich kleineren Raum, erklommen die abgetretenen Stufen einer Treppe und näherten sich einem halbbogenförmigen Tor, das von einem armdicken Riegel gesichert wurde.

Schmafou hopste voran und bemühte sich, den kiloschweren Verschluss aus seiner Verankerung zu hieven – was ihm erst unter Rezitation eines klabautischen Kraft-Mantras (»Hoi-Fisch, hoi-Fisch, hoi-Fisch!«) gelang.

»Du könntest mir ruhig helfen, Menschling«, keuchte Schmafou, als er den Riegel zur Seite klappte.

»Etwas stimmt nicht«, sagte Balthasar und verharrte unschlüssig.

Ungeduldig wandte Schmafou den Kopf. »Irgendetwas stimmt immer nicht.«

»Ich höre Stimmen.«

»Du hörst …?«

Der Klabauter reckte seine Spitzohren – tatsächlich. In seinem triumphalen Überschwang waren ihm die verräterischen Laute verborgen geblieben, die vor ihnen durch die Tür drangen.

Thunfischkacke, dachte Schmafou und die Entrüstung ließ seine Nasenflügel erbeben. *Wer zum Ausguck ist mir zuvorgekommen?*

Bereits vor Erreichen des Marktplatzes kamen ihnen flüchtende Menschen entgegen. Isegrim steigerte sein Tempo und achtete nicht weiter auf Dalail, der immer weiter zurückfiel; was diesem nur recht war. Eine Auseinandersetzung mit einem Grendel? Darauf konnte er getrost verzichten!

Somit traf der Magier nach dem Hauptmann am Marktplatz ein und versäumte die ersten Worte, die Isegrim mit einem der Krieger wechselte.

»… und dann ist Fähnrich Kafka zu diesem … Ding geworden«, berichtete der Soldat. »Zuerst hat der Grendel den Troll zerfleischt und dann ist es auf uns losgegangen. Gefreiter Duckmäuser, Wachtmeister

Haudrauf und Leutnant Grobian sind tot, vier weitere wurden schwer verletzt.«

Dalail registrierte rötlich gefärbte Kleidungsstücke und menschlich anmutende Körperteile, die den Boden im Umkreis bedeckten. Prompt begann sein Magen zu rumoren und er wandte sich hastig ab.

»Wir haben den Grendel zwischen den Hauswänden in die Enge getrieben, aber er ist durch einen Abwasserkanal entkommen.«

»Wohin hat er sich gewandt?«

»Richtung Meer, glaube ich. Zumindest führt der Kanal dorthin.«

Isegrim ließ seinen bohrenden Blick über den Marktplatz schweifen. Am Boden hockten nach wie vor zahlreiche Menschen, deren Gesichter so ausdruckslos waren, dass sie genauso gut Puppen hätten sein können.

»Gibt es eine Veränderung an ihrem Zustand?«, fragte Isegrim.

»Nein.« Der Soldat senkte den Blick. »Nicht einmal das Erscheinen des Grendels konnte sie aus der Erstarrung lösen.«

Isegrim wandte sich Dalail zu. »Seht nach den Männern und Frauen, ob ihr ihnen helfen könnt. Aber beeilt euch, ich will so rasch als möglich …«

In diesem Moment hastete ein weiterer Krieger auf sie zu. Dalail meinte sich zu erinnern, dass der Söldner der Gruppe angehörte, die Leonys und er auf das Schiff geführt hatten.

»Eine junge Frau ist an uns vorbeigestürmt und auf das Schiff geklettert«, keuchte der Soldat. »Augenblicke später haben seltsame Geräusche eingesetzt. Die Laute sind wunderschön, aber auch verwirrend, fast wie ein magischer …«

»… Gesang.« Isegrim fuhr herum. »Zum Hafen – sofort!«

»Ojemine«, entfuhr es Dalail. »Müssen wir jetzt laufen?«

Aurelias Mut und ihre Entschlossenheit verflogen schlagartig, als sie den Fuß auf die erste Stufe der Treppe setzte. Zweifelnd beäugte sie die vor ihr wogende Düsternis, die nur darauf zu warten schien, dass sie ihren Weg fortsetzte und in den geöffneten Rachen der unsichtbaren Bestie sprang.

Wie hatte sie vorhin derart sicher sein können, das Richtige zu tun? War es nicht genauso denkbar, dass sie der Dämon des Schiffes überlisten und auf das Boot locken wollte? Andererseits war sie davon überzeugt, Melchior auf irgendeinem der Decks anzutreffen. Und letztendlich war sie ja wegen ihm gekommen, oder etwa nicht?

Aurelia betastete die Uniform, die sie dem Soldaten im Kastell abgenommen hatte. In den Taschen fand sie ein paar Münzen, gezinkte Spielkarten, einen stinkenden Socken (den sie angewidert fallen ließ) – und einen unverbrauchten Feuerteufel. Ein schwaches Lächeln huschte über Aurelias Lippen, dann sagte sie: »Schrumpelzwerg.«

»Ich bin kein Zwerg, ich bin ein mächtiger Irrwicht!«, fiepte das verdickte Ende des Holzstabes, in dem das liliputanische Wesen gefangen saß. »Und wenn du mich noch einmal …«

Doch da war es bereits um ihn geschehen. Der Irrwicht überschritt seine Zündtemperatur, gab ein jämmerliches Piepsen von sich und ging mit einem dumpfen Plopp in hell lodernde Flammen auf.

Aurelia nickte zufrieden. Mit einer Lichtquelle war die Finsternis viel besser zu ertragen. Sie straffte ihre Schultern und stieg die Treppe in den Bauch des Schiffes hinab. Obgleich sie erwartete, jeden Moment von Horden dämonischer Geistwesen angegriffen zu werden, schien das Schiff ihre Anwesenheit nicht zu bemerken – oder der Besuch eines ungeladenen Gastes war ihm egal.

Aurelia durchquerte drei winzige, leere Räume, deren Türen sich allesamt auf ihren Befehl hin öffneten, und steuerte auf eine weitere Treppe zu. Sie spürte, dass sie sich ihrem Ziel näherte.

In diesem Moment gewahrte sie einen dunklen Schatten an der Wand. Einen Herzschlag lang meinte sie ein Gesicht zu erkennen, eine teuflische Fratze mit verzerrten Zügen und bösartig funkelnden Augen. Ein dumpfes Rumoren drang aus den Tiefen des Schiffes zu ihr empor, gefolgt von Sekunden vollendeter Lautlosigkeit.

Ein gewaltiger Schlag ließ den Raum erzittern. Aurelia verlor das Gleichgewicht und stürzte zu Boden. Etwas Ungeheuerliches, Vielarmiges wuchs vor ihr empor, griff mit langen, pfeifenden Tentakeln nach ihrer Kehle. Das Wesen berührte Aurelias Hals, zog eine feurige Linie über ihre Haut und riss ihr mit einem zischenden Laut das Amulett vom Körper.

Balthasar war zur Salzsäule erstarrt, kaum dass sich das Tor vor ihnen geöffnet hatte. Er konnte nicht sagen, was ihm mehr Furcht bereitete: Das unangenehm stechende Licht der Laterne in der Mitte des Raumes, die fremdartigen Silhouetten, die über den Boden krochen, oder die Gewissheit, dass es nun wahrhaftig kein Zurück mehr gab, wollte er die nächsten Minuten überleben.

Der Raum glich einem surrealen Albtraum. Die Wände glänzten und funkelten wie Perlmutt, schienen sich im Licht der Laterne zu winden und zu verbiegen, als handle es sich bei der Kammer um das Innere eines monströsen Magens. Der Boden des Raumes wies unstete Hügel und tentakelhafte Wucherungen auf, die allesamt auf eine Person zusteuerten, die vor der gegenüberliegenden Wand stand. Diese Person war weiblich, trug eine dunkelrote Feuerrüstung, einen feindselig summenden Drachenhelm und hielt ein gebogenes Harakiri-Schwert in Händen.

»Windsbraut sei Dank«, hauchte Schmafou, griff in seinen Gürtel aus Seetang und zog einen bläulich schimmernden Dolch hervor, der sich in seinen Händen wie ein gewaltiges Henkersschwert ausnahm. »Wir sind doch nicht zu spät.«

Schmafou tapste an Balthasars Seite und drückte ihm den Dolch zwischen die klammen Finger.

»Wie ich's dir erklärt hab«, wisperte der Klabauter, ließ sich im Schneidersitz auf den Planken nieder und schloss die Augen. »Ich beschütze dich.«

Balthasar zitterte wie Espenlaub. Der Heiligenschein des Klabauters begann zu flackern, erstrahlte ein letztes Mal in vollem Glanz – und erlosch. Irgendwie empfand dies Balthasar als kein ermutigendes Omen.

Bewegung, dachte er und meinte damit seine Beine. Doch diese waren nicht gewillt, dem zaghaften Befehl ihres Besitzers Folge zu leisten.

»Mach schon«, fiepste Schmafou. »Bevor es uns bemerkt.«

Balthasars Körper schlotterte noch mehr, als er seinen verbliebenen Mut zusammenkratzte, aber nicht genug vorfand, um seine Furcht zu besänftigen. Starr wie ein gelenkloser Zinnsoldat setzte er einen Fuß vor den anderen und näherte sich im Schneckentempo der Mitte des Raumes.

Verdammt, drang es in seine Gedanken. *Ich bin viel lieber Arschkriecher als Held …*

»Du bist armselig«, sagte Leonys und es gelang ihr, ihre Stimme abfällig klingen zu lassen. »Leben, nur um zu töten. Wie traurig und erbärmlich.«

Sie hatte Balthasar sogleich erkannt, als dieser in das Licht der Laterne getreten war. Im Gegensatz zu ihr wurde er von keiner übermächtigen Kraft zurückgehalten und hielt eine bläulich schimmernde Klinge in der Hand. Womöglich wusste er, wie man den Dämon des Schiffes bezwang.

»Mag sein«, kicherte die melodische Stimme. »Doch ihr Elben und Menschen mordet euch gegenseitig und untereinander, ohne dass dies irgendeinen Sinn ergibt.«

»Aber es bereitet uns keinen Spaß, so wie dir!«

Ein helles Lachen. »Vielleicht trifft es nicht auf jeden Vertreter eurer Spezies zu. Doch wie ich vorhin erwähnt habe …«

Für einen Wimpernschlag war es derart still, dass man einen Floh hätte husten hören können.

»WAS?«, donnerte die Stimme, wie weggeblasen waren ihr Humor und ihre Gelassenheit. Ein eisiger Windhauch fegte durch den Raum und die sirupartige Kraft, die Leonys gefangen gehalten hatte, verschwand schlagartig. Die Holzwesen wandten sich ab und jagten auf Balthasar zu.

Der Soldat quiekte wie ein Schwein unter dem Schlachtermesser, warf den Dolch von sich und wirbelte herum. In vollem Lauf knallte er gegen das geschlossene Holztor und kippte stocksteif zu Boden, als hätte er sich nun tatsächlich in einen Zinnsoldaten verwandelt.

Die Kinder strömten aus allen Gassen entlang des Hafens. Wie einfliegende Bienen eines Schwarms und mit der Unaufhaltsamkeit von Treiberameisen näherten sie sich Mole Nummer fünf. Sie wirkten völlig willenlos, blickten mit aufgerissenen Augen ins Leere, folgten den melodischen Klängen des Gesangs, der ein klein wenig an die Musik von Flötenspielern erinnerte.

»Verflucht!« Isegrims buschige Augenbrauen bebten. »Wir müssen sie davon abhalten, das Schiff zu betreten.«

Dalail, Isegrim Wolfsklaue sowie seine aus fünf Männern bestehende Leibgarde waren die einzigen Personen, die dank der Magie des Zauberers nicht von der betörenden Melodie beeinflusst wurden. Die übrigen Soldaten, die sich mit den Katapulten dem Hafenbereich näherten, aber auch die sorgenvoll herbeigeeilten Eltern und schaulustigen Passanten waren wie versteinert und regten sich nicht.

»Was ist mit den Katapulten?«, fragte Dalail.

»Die sind nachrangig. Zudem können wir nicht feuern, wenn sich sämtliche Kinder der Stadt an Bord des Schiffes befinden.«

»Wieso nicht?«

Isegrim wirbelte herum und verpasste dem Magier eine solch gewaltige Ohrfeige, dass dieser Sterne sah und beinahe zu Boden gegangen wäre.

»Aua.« Dalail wimmerte und rieb sich die brennende Wange.

»Noch ein falsches Wort«, grollte Isegrim mit einer Stimme, aus der der Odem des Todes strömte, »und ich mache dich höchstpersönlich einen Kopf kürzer.«

Der Magier schwieg. Er wagte es nicht einmal, den Blick des Hauptmanns zu kreuzen.

»Haltet die Kinder zurück«, wandte sich Isegrim an seine Leibgarde. »Wir werden dem Treiben dieses Dämons ein für alle Mal ein Ende bereiten!«

Schmafou musste hilflos mit ansehen, wie sein sorgsam zurechtgelegter Plan unter vollen Segeln gegen das scharfkantige Riff fuhr.

Erstens: Der magische Dolch, das einzige Mittel gegen den Dämon, war klirrend in die Dunkelheit entschwunden. Zweitens: Der dämliche Menschling war kopfüber in den Freitod gegangen. Und drittens: Das Auge des Dämons hatte ihn entdeckt.

Schmafous einzige Überlebenschance bestand darin, ein Schlurmloch zu benutzen. Aber damit hätte er alles verloren.

»Komm nur!«, quietschte der Klabauter, sprang auf, ballte die winzigen Hände zu Fäusten und hüpfte angriffslustig hin und her. »Trau dich, du schmierigstinkender Furunkel!«

Ein abscheulicher Koloss aus Planken, Seilen und Stahlplatten erhob sich über Schmafous Kopf. Verborgene, gnadenlose Augen fixierten die spindeldürre Gestalt des Kobolds.

Schmafou legte entschlossen die Ohren an, holte aus und schlug dem Wesen mit geballter Klabauterkraft dorthin, wo sich bei einem kleinwüchsigen Menschen der Intimbereich befunden hätte.

Ein unmenschlicher Aufschrei toste durch den Raum. Die massige Gestalt zuckte zurück, verlor rapide an Form und Größe, schnurrte zusammen wie eine gesalzene Nacktschnecke – und brach auseinander.

»Ha!«, kreischte Schmafou und streckte der schwindenden Kreatur die Zunge heraus. »Mit mir legt sich keiner an!«

Leonys schrie auf, stolperte rückwärts und ließ den Dolch fallen. Die Hand, mit der sie die Klinge in die Laterne gestoßen hatte, brannte wie Feuer. Ein bläuliches Flackern züngelte um ihre Finger und breitete sich in Richtung Schulter aus. In ihren Ohren erklang ein pulsierendes Brausen, das ihr Bewusstsein zu vernebeln begann. Als der rasende Schmerz ihren Ellbogen erreichte, verlor Leonys das Gleichgewicht und stürzte zu Boden.

Nur am Rand erfasste sie, dass die Laterne zu einem winzigen, beständig schwächer leuchtenden Glühwürmchen zusammengeschrumpft war und ein schrilles, bestialisches Heulen durch den Raum gellte. Das Schiff ächzte und stöhnte, als befände es sich nicht länger sicher vertäut im Hafen, sondern auf hoher See, mitten in einem tobenden Orkan.

Unvermittelt erschien ein Schatten über ihr, hager und spitzohrig.

Großmutter, war Leonys letzte einigermaßen klare Eingebung, bevor geistige Umnachtung über ihr zusammenschlug. *Was hast du für einen großen Mund?*

Aurelia keuchte und strampelte, um sich von dem Haufen aus Balken und Seilen zu befreien, der über ihr zusammengebrochen war. Eines ihrer Beine pochte und fühlte sich taub an. Als sie es belastete, schoss ein scharfer Schmerz durch ihr Schienbein.

Aurelia biss die Zähne zusammen und betastete den Knochen. Zwar konnte sie keinen Bruch feststellen, dennoch musste ihr jeder Schritt die Tränen in die Augen treiben.

Aurelia entging nicht, dass ein Knacken und Knistern das Schiff erfasst hatte und ein gellendes Jaulen aus den hölzernen Wänden an ihr Ohr drang.

Da rückt wohl jemand diesem verfluchten Dämon zu Leibe, dachte sie mit Genugtuung.

Aurelia schleuderte den letzten Balken beiseite, fand den unbeirrt brennenden Feuerteufel, erhob sich und humpelte auf die Treppe zu. Was immer soeben geschehen war – Melchior befand sich nach wie vor auf diesem Schiff; und sie würde es erst verlassen, wenn sie ihn gefunden hatte.

~*~

»Hoppla!«, sagte Dalail und legte ein zaghaftes Jauchzen in seine Stimme. »Dem Anschein nach ist uns jemand zuvorgekommen.«

Sie hatten über den Laufsteg auf das Schiff klettern wollen, als dieses zu schwanken und zu schlingern begann. Gleichzeitig mischte sich ein hoher, durchdringender Laut in den Gesang der Äpfel, welcher verdächtig an den gepeinigten Schrei eines nicht menschlichen Wesens erinnerte.

»Seid ihr euch ganz sicher?« Isegrim verharrte vor dem gefährlich schwankenden Laufsteg, den Dalail lieber nicht betreten wollte.

»Ziemlich. Auch das magische Netz über dem Schiff wird schwächer.«

»Dann sehen wir nach Leutnant Federzunge«, sagte Isegrim bestimmt und balancierte über die wippenden Balken.

Dalail schickte ein Stoßgebet an sämtliche Götter, die ihm in den Sinn kamen, und folgte dem Hauptmann ohne eine einzige Bemerkung abzugeben. Er hatte den Verdacht, dass Isegrims vorherige Warnung weiterhin gültig war.

An Deck des Schiffes hatte sich seit Dalails letztem Besuch nicht viel verändert; bis auf die Tatsache, dass die apfelartigen Gebilde keinen Gestank, sondern jene unheimliche, betörende Melodie verströmten. Immerhin war der markerschütternde Schrei abgeklungen.

»Wieso hört dieser vermaledeite Gesang nicht auf?«, zischte Isegrim und stapfte auf den nächstgelegenen Schiffsaufbau zu.

Dalail zuckte die Schultern. »Vielleicht dauert es eine Weile, bis die Kraft des sterbenden Dämons nachlässt, oder die Äpfel haben ein Eigenleben.«

Isegrim grummelte Unverständliches und bemühte sich vergeblich, eine der Türen mit seiner Schulter einzudrücken. Als dies nicht glückte, hieb er ungehalten mit seinem Schwert dagegen – rötliche Holzsplitter wirbelten durch die Luft, doch das Tor gab sich standhaft.

Dalail achtete nicht weiter auf die Anstrengungen des Hauptmanns. Sein Blick flackerte nervös über das mit singenden Äpfeln übersäte Hauptdeck.

Er hatte nicht gänzlich die Wahrheit gesprochen. Es gab eine weitere Möglichkeit, weshalb der Gesang nicht innehielt. Und diese Alternative gefiel ihm ganz und gar nicht.

Schmafou stolzierte durch den Raum, wie ein angehender König auf seiner Krönungsfeier.

»Es ist mein, mein, mein!«, frohlockte er, sprang und drehte sich wie ein närrisches Kind und fing sogar an, ein Liedchen zu summen. Erst dann entsann er sich, dass der Erfolg dieser Unternehmung nicht allein sein Verdienst war.

Der Menschling hatte eine gewaltige Beule an der Stirn und war bewusstlos, schien darüber hinaus aber unverletzt. Schmafou nutzte die Gunst der Stunde, sprang auf Balthasars Unterleib und hüpfte auf und nieder, als stünde er auf einem Trampolin. Es dauerte zehn Sekunden, dann stieß der Soldat einen gurgelnden Schrei aus und riss die Augen auf.

Behände sprang der Klabauter beiseite und näherte sich der reglos daliegenden Halbelfe. Schmafou erkannte, dass sich der Atem des Furunkels bis an ihre Schulter ausgebreitet hatte. Somit war keine Zeit zu verlieren.

Der Kobold beugte sich zu Leonys hinab, hängte seinen Unterkiefer aus und legte seinen Mund auf den ihren. Für einen Halbmenschen schmeckte sie gar nicht so übel.

»Hola«, murmelte eine verschlafen wirkende Stimme. »Was machst'n da?«

Balthasar trat mit ungelenken Schritten heran und glotzte dümmlich auf den hörbar saugenden Klabauter. Schmafou geduldete sich einige Sekunden, dann löste er seinen Mund von dem Leonys'. Er blies seine Backen auf und pustete das extrahierte Furunkel-Gift aus seinen Gehörgängen, sodass es aussah, als würde er zwei Wolken bläulichen Rauches ausstoßen.

»Okay, ich will's gar nicht wissen«, fügte Balthasar hinzu und betastete seine Beule, die eher an ein kleines Horn erinnerte. »Was zum Teufel ist überhaupt passiert?«

Das flackernde Licht des über den Boden rollenden Quellfeuers warf groteske, aber immerhin nicht mehr bedrohlich anmutende Schatten an die Wände des

Raumes. Ohne die leuchtende Glaskugel wäre es nach dem Erlöschen der Laterne stockdunkel gewesen.

Schmafou ignorierte Balthasars Frage und betrachtete konzentriert die Halbelfe, deren Arm bleich und unversehrt vor ihm lag; jedenfalls beinahe. Die Finger der Hand hatten etwa ein Drittel ihrer Größe eingebüßt. *Immer noch besser, als tot zu sein*, fand der Kobold.

Ein schlürfendes Geräusch nahm seine Aufmerksamkeit in Anspruch. Hinter ihnen war die hölzerne Wand des Schiffes in Bewegung geraten. Sie verschob sich knirschend, bildete Wellen wie die Oberfläche des Meeres – und glitt auseinander.

»Oh«, sagte Balthasar und seine Kinnlade klappte nach unten.

Wenngleich sich Balthasar noch nicht von den Auswirkungen seiner Ohnmacht erholt hatte, brannte sich der Anblick unauslöschlich in sein Gedächtnis.

In der zuvor massiv wirkenden Wand hatten sich Öffnungen aufgetan. Zwanzig bis dreißig aufrechte Kammern, gerade groß genug, um einen erwachsenen Menschen aufzunehmen; denn genau diese Menschen waren darin gefangen – jedenfalls ihre sterblichen Überreste. Zwei Dutzend Totenschädel grinsten Balthasar entgegen. Mumienhaft ausgedörrte Gesichter, einige davon mit vor Schrecken geweiteten, verschrumpelten Augäpfeln, die gräulich verfärbten Zungen wie zum Hohn dem Betrachter entgegengestreckt.

Bloß zwei der Körper wirkten jünger, weitaus weniger zerfallen, annähernd lebendig. Und einer davon …

»Melchior«, flüsterte Balthasar.

Der Hafenwachmann stand aufrecht in der Wand, seine Augen waren geschlossen und die vergilbten Lippen schmerzvoll zusammengekniffen. Sein Körper strahlte ein dunkles, pulsierendes Leuchten aus, das jedoch nachließ und schlussendlich gänzlich verblasste.

Unvermittelt kippte Melchior nach vorne, stürzte aus der Wand und schlug hart am Boden auf. Balthasar stolperte auf seinen Bruder zu, fiel vor ihm auf die Knie und drehte Melchior auf den Rücken.

»Melchior«, hauchte er, packte den Hafenwachmann an seinen Schultern und schüttelte ihn so ungestüm, dass dessen Kopf haltlos hin und her rollte.

»Lass das, du Trottel«, raunte Melchior mit kraftloser Stimme und bemühte sich, die Hand seines Bruders abzustreifen.

»Du lebst!« Balthasar schüttelte Melchior nur noch heftiger.

»Hör auf«, erklang eine weitere Stimme – schwach, aber bestimmt.

Balthasar wandte den Kopf und erblickte Leonys, die sich schwankend aufrichtete. Erst jetzt ließ er von seinem Bruder ab und betrachtete ihn zum ersten Mal genauer. Innerhalb der kurzen Zeit, die Melchior vom Furunkel gefangen gehalten worden war, schien er um Jahre gealtert zu sein.

»Kasper?«, fragte Melchior, stemmte sich vom Boden hoch und blickte zu den finsteren Öffnungen empor.

Auch die zweite lebendig wirkende Gestalt war aus ihrem grausamen Gefängnis gefallen und reglos liegen geblieben. Melchior robbte auf sie zu und griff mit zittrigen Händen nach dem Kopf des Mannes.

Sie sahen sich einem Greis gegenüber, dem Tod näher als dem Leben.

»Es tut mir leid«, flüsterte Melchior. Tränen rannen über seine farblosen Wangen, als er seine Stirn gegen die seines Sohnes drückte.

Kaspers weit geöffnete Augen hefteten sich auf die Züge seines Vaters. Er schien etwas sagen zu wollen, doch nur ein raues Husten kam über seine Lippen. Ein letzter, qualvoller Atemzug drang in seine Lungen. Dann starb er, völlig still.

»Sieht nicht gut aus«, sagte Dalail und legte prüfend die Hand an das Tor. »Der Blähbock hat alle Türen mit einem Bannfluch versehen, bevor er überwältigt worden ist. Möglich, dass sie von innen zu öffnen sind, aber …«

»Das bedeutet, wir kommen nicht hinein«, knurrte Isegrim.

»Kaum«, bestätigte der Magier und verkniff sich den Zusatz *glücklicherweise*. »Ich würde vorschlagen, dass wir nach den Katapulten sehen und …«

»Nein.« Isegrims Tonfall ließ keine Erwiderung zu. »Nach eurer Aussage haben wir wenigstens eine Stunde, bis wir den Kahn zerstören müssen. Wenn es uns nicht möglich ist, in das Innere des Schiffes zu gelangen, werden wir uns an Deck nützlich machen.«

Der Hauptmann wandte sich um und ließ sein Schwert auf den erstbesten Apfel niedersausen. Das Ding stieß einen quäkenden Laut aus, zerplatzte wie eine überreife Tomate und verstummte.

»Ähm«, sagte Dalail – mehr allerdings nicht.

»Na bitte.« Isegrim brummte zufrieden und holte aus, um weitere singende Wucherungen in Apfelmus zu verwandeln.

Unversehens verhielt der gewaltige Zweihänder in der Luft, wie von einer unsichtbaren Mauer gehalten. Einen Augenblick später wusste Dalail auch weshalb.

Kuchenbäcker, dachte der Magier. *Das wäre ein netter Beruf gewesen.*

»Ist der Furunkel tot?«, fragte Melchior an den Klabauter gewandt. Eine eisige Gleichmütigkeit lag in seiner Stimme.

»Tot?« Schmafou grinste überglücklich und tanzte an den Skeletten in der Wand vorbei. »Nicht doch. Wir haben es nur von meinem Schiff vertrieben.«

»Wie kann man es töten?«

»Och, das geht eigentlich gar nicht. Dazu müsste man seinen Körper zerstören, bevor es sich einen neuen gesucht hat.«

»Was ist sein Körper?«

»Das Schiff natürlich!« Schmafou hatte sich ein Seil gegriffen, fiepste vergnügt und begann es wie ein Lasso über seinem Kopf zu schwingen. »Sein Auge ist zwar zerstört, aber bis es sich von meinem Boot verdünnisiert hat, wird's noch ein Stündchen dauern. Dann sucht sich der Furunkel gleich einen neuen Körper – vielleicht ein Haus, einen Baum oder so.«

Melchior und Leonys warfen sich einen vielsagenden Blick zu.

»Hier entlang«, sagte die Halbelfe.

Der Grendel hockte auf der Reling und warf ihnen einen Blick aus tückisch blitzenden Augen zu. Falls ihn die Soldaten am Marktplatz verwundet hatten, waren seine Verletzungen bereits verheilt.

Dalail spürte einen kratzigen Kloß im Hals, als er feststellte, welche Ausmaße das Wesen hatte. Vermutlich war es an die drei Meter hoch und damit selbst einige Köpfe größer als Isegrim.

Gleichwohl schien den Hauptmann das Erscheinen des Grendels nicht aus der Fassung zu bringen.

»Bleibt hinter mir und gebt mir magische Deckung«, knurrte Isegrim und schritt in wiegenden Bewegungen auf den reglos kauernden Grendel zu.

Kopflose Flucht würde mir besser gefallen, dachte Dalail und zermarterte sich das Gehirn nach wirksamen Zaubersprüchen gegen den Angriff eines Grendels. Leider war sein Kopf so leer, als hätte ihn jemand mit derselben glibberigen Masse gefüllt, aus der die unbeirrt singenden Äpfel bestanden.

~ * ~

Schmafou schrie Zeter und Mordio, als sie darangingen, eine Lunte zu den Pulverfässern in dem bugseitigen Raum des Schiffes zu legen.

»Das könnt ihr nicht machen!«, lamentierte er und zog und zerrte an seinen spitzen Ohren herum. »Das ist MEIN Schiff, habt ihr kapiert? MEINES!«

Niemand beachtete ihn. Erfreulicherweise hatten die Anstrengungen der vergangenen Stunden die magische Kraft des Klabauters erschöpft, andernfalls hätte er ihnen erhebliche Schwierigkeiten bereiten können. So ließen sie ihn einfach links liegen, bis die aus Glimmpulver gebildete Zündschnur lang genug war, um nach seinem Entzünden das Schiff gefahrlos verlassen zu können.

Melchior, der erneut das Quellfeuer in Händen trug, dämmerte es als Erster. »Hat jemand Feuer?«, erkundigte er sich.

Sein Bruder schüttelte den Kopf und auch Leonys verneinte.

»Verdammt.« Melchior schlug seine geballte Faust gegen die Wand des Schiffes. »Das darf doch nicht wahr sein!«

»Na klar.« Balthasar deutete mit dem Zeigefinger anklagend auf den Klabauter. »Du bist ein Kobold – zünde das an!«

Schmafou warf dem Soldaten einen schiefen Blick zu. »Ich bin ein Klabauter – klar soweit? Ein *Wasserkobold*, ich kann kein Feuer machen. Außerdem versenke ich nie, nie, nie mein eigenes Schiff!«

Balthasar raufte sich die verfilzte Lockenpracht, stampfte wutentbrannt mit seinen Füßen und wünschte den dämlichen Klabauter – genauso wie den Rest der Welt – zum Teufel.

»Kann ich helfen?«, erklang eine vertraute Stimme.

Balthasar hätte niemals gedacht, dass er sich noch einmal freuen würde, Aurelia gegenüberzustehen. Die junge Frau humpelte und hielt einen kurz vor dem Erlöschen stehenden Feuerteufel in Händen. Sie schritt an Balthasar vorbei, ohne ihn eines Blickes zu würdigen, und umarmte Melchior in inniger Zuneigung. Dann drückte sie dem Hafenwachmann den brennenden Span in die Hand und küsste ihn auf die Lippen.

Wusst' ich's doch!, triumphierte Balthasar und rieb sich gedanklich die Hände. *Mir kann man halt nichts vormachen.*

Melchior wandte sich Balthasar und Leonys zu. »Zur Sicherheit sollten wir …«, begann er und blinzelte zu der keifenden, bläulichen Gestalt hinab.

Melchior entzündete die Pulverlunte, hob das Quellfeuer vor seine Brust und wandte sich dem Ausgang zu. Den kreischenden und zappelnden Klabauter zwischen sich, eilten die Gefährten auf die Treppe zu.

Der Grendel und Isegrim prallten aufeinander, als wären die beiden eingeschworene Todfeinde. Trotz seiner nicht unerheblichen Masse fegte der Hauptmann wie ein Wirbelwind über das Deck. Er tauchte behände unter den Attacken des Grendels hindurch, schwang sein Schwert und fügte dem amphibischen Wesen eine Wunde nach der anderen zu.

Der Grendel schnaubte verblüfft, schlug mit seiner krallenbewehrten Pranke in Isegrims Richtung – doch dessen Schwert war zur Stelle und durchtrennte den Arm des Ungeheuers knapp unterhalb seines zweiten Ellbogens.

Das Wesen kreischte auf und tat einen Satz rückwärts. Isegrim hechtete hinterher, duckte sich unter dem zuckenden, dornenbesetzten Schwanz des Scheusals, riss sein Schwert zur Seite …

Mit einem Krachen flog hinter ihnen die Tür auf. Vier wohlbekannte Personen quollen aus der Öffnung, stolperten auf das Deck – und erstarrten, als sie den Grendel erkannten.

Es war eine winzige Ablenkung, doch sie genügte. Der Grendel schmetterte Isegrim die Waffe aus der Hand, riss ihm mit seiner verbliebenen Klaue die Brust auf und schleuderte ihn gegen die Reling. Mit drei Sätzen hatte das Monster die Neuankömmlinge erreicht und baute sich zischend vor ihnen auf.

Aus einem unerklärlichen Grund sah der Grendel in dem stocksteif dastehenden Magier keine Gefahr. Und Dalail war nicht gerade von der Idee angetan, diese Gesinnung durch sein Eingreifen ins Gegenteil umschlagen zu lassen.

Leutnant Federzunge hob ihr Schwert und trat dem Grendel entgegen. Melchior – der augenscheinlich unbewaffnet war – wollte ihr folgen, doch ein Schwanzhieb des Ungetüms fegte ihn von den Beinen. Der Grendel schnappte mit seiner Pranke nach dem Waffenarm der Halbelfe, hob sie ohne erkennbare Anstrengungen vom Boden, öffnete seinen mit spitzen Zähnen gesäumten Rachen …

In diesem Augenblick blieb Dalail nichts anderes übrig, als sich doch in die Auseinandersetzung einzumischen. Es käme nicht gut, wenn es später hieß (sofern es ein später gab), er habe eine Frau, die noch dazu die Tochter des Stadtherrschers war, tatenlos sterben lassen.

Der Magier sprach einen Schockzauber aus – den stärksten, den er kannte – und schleuderte ihn dem Grendel entgegen. Das Monster grunzte überrascht, ließ Leonys fallen und blinzelte zu Dalail hinüber. Leider war dies auch die einzige Wirkung, die der Zauber besaß.

Dem Magier war es nicht vergönnt, Furcht zu verspüren, denn hinter der Bestie wuchs eine blutüberströmte Gestalt empor.

Der Grendel spürte die Gefahr und warf sich herum; doch Isegrim war flinker und bohrte sein Schwert geradewegs durch den Schädel des Ungeheuers.

Ein Röcheln drang aus dem Rachen des Scheusals. Es hob seinen verbliebenen Arm, legte die Klaue in einer zärtlich wirkenden Bewegung um Isegrims Hals – und riss ihm den Kopf ab. Dann kippte der Grendel zur Seite, schlug klatschend am Deck auf, zuckte ein letztes Mal und lag still.

Dalail blieb auch diesmal keine Zeit, Erschrecken, Ekel oder gar Trauer zu empfinden.

»Runter vom Schiff!«, brüllte Melchior und eilte auf den Zauberer zu.

Nichts lieber als das, fand Dalail. Er flitzte in Richtung Landgang, stieß Balthasar beiseite und stürmte mit wehendem Seidenhemd vom Schiff; als sichernde Vorhut, verstand sich.

Balthasar war noch mitten am Laufsteg, als eine ohrenbetäubende Explosion das Schiff erschütterte. Durch den heimtückischen Schubs des Zauberers war er gestolpert und auf dem Hosenboden gelandet, sodass er den todgeweihten Kahn als Schlusslicht verließ.

Balthasar hob schützend die Arme über seinen Kopf und hechtete auf die Mole – einen Herzschlag später kippte der Laufsteg zur Seite und stürzte in die schäumende See. Trümmer pfiffen an Balthasars Haarmähne vorbei, als er die Kaimauer entlangstolperte.

Neben den donnernden Eruptionen drang ein hoher, lang gezogener Schrei an sein Ohr. Balthasar begriff erst nach einigen Sekunden, dass er selbst es war, der schrie. Ein gehetzter Blick zurück zeigte ihm, dass der Ringlotten-Kreuzer in der Mitte auseinandergebrochen war und unablässige Explosionen weitere Löcher in den Schiffskörper rissen. Dazu war die Luft erfüllt von dem Quietschen der roten Scheinäpfel, die in alle Himmelsrichtungen davonsegelten und wie farbige Sprengbomben auf der Mole und an der Meeresoberfläche detonierten.

Am Ende des Hafendamms verhielt Balthasar keuchend neben seinen Gefährten und betrachtete die schwelenden Überreste des Schiffes. Einige Bruchstücke des metallverstärkten Schiffsrumpfes sanken auf den Meeresgrund, aber der größte Teil der Trümmer wurde von der einsetzenden Ebbe auf das offene Meer hinausgetragen.

Als die letzte Explosion verklungen war und sich eine wunderbare Stille über die Gruppe herabsenkte, atmete Balthasar erleichtert auf. Er strich sich die Haare aus dem Gesicht und zauberte ein schelmisches Grinsen auf seine Lippen. Bevor einer der anderen das Wort ergreifen konnte, hatte sich Balthasar Schmafou zugewandt.

»Ich bekomme noch was von dir. Es ist nicht alles so gelaufen wie geplant, also … bin ich auch mit fünfzig Perlen zufrieden.«

Der Klabauter zischte entrüstet und trat Balthasar vor das Schienbein, was diesen zu einem gepeinigten Verziehen der Mundwinkel veranlasste.

»Puh«, fuhr Balthasar fort, als ob nichts geschehen wäre, warf Aurelia einen anzüglichen Blick zu und schlug seinem Bruder kameradschaftlich auf die Schulter. »War doch gar nicht so schlimm, oder?«

Unvermittelt fiel ein monströser Schatten auf die Mole. Mit einem bestialischen Brüllen wuchs vor ihnen eine blauschwarze Wolke empor.

~ * ~

Ojemine, dachte Dalail, als sich der groteske Schatten vor ihnen materialisierte. *Kann ich nicht ein einziges Mal recht behalten?*

Der Magier wusste nicht, wie es geschehen konnte, dass der Dämon noch am Leben war. Aber offensichtlich war er es. Überdies wirkte er nicht erfreut darüber, dass sie ihm seine Behausung unter dem Hintern weggesprengt hatten.

Flackernde Panik regte sich in Dalails Geist, sein Blick streifte die Gestalt neben sich. Die junge Frau kam ihm vage bekannt vor. Er glaubte, sie bereits öfter gesehen zu haben, nur die Erinnerungen daran … Aber wahrlich seltsam war der Gegenstand, den sie in der Hand trug; eine faustgroße, leuchtende Kugel, die selbst im hellen Sonnenlicht wie ein Stern glühte und funkelte.

Ein Quellfeuer! Dalail wollte seinen Augen nicht trauen. Wie er wusste, gab es im Umkreis von vielen Kilometern nur einen einzigen dieser wundersamen, ewig brennenden Flammenbälle, eingeschlossen in eine Hülle aus Zwergenglas. Doch dieses Quellfeuer besaß ausgerechnet Morgaine, die Schlimmerlandhexe – oder hatte es besessen, als Dalail die letzten Male mit ihr zusammengetroffen war.

Ein dunkler Verdacht keimte in ihm auf, gewann an Überzeugungskraft und mündete in absoluter Gewissheit.

»Himmel, Arsch und Zwirn!«, fluchte Dalail so laut, dass die Umstehenden zusammenzuckten und sogar der monströse Schatten einen Moment verharrte.

Ich hätte es wissen müssen, setzte er in Gedanken fort und griff sich an den Kopf. *Dieses verdammte, ausgefuchste Luder!*

Schmafou zitterte wie ein elektrisierter Zitteraal. Aber nicht aus Furcht, sondern aufgrund unbändiger Wut. Dies alles wäre vermeidbar gewesen, wenn er ein bisschen schneller gehandelt hätte und wenn diese garstige Menschenfrau nicht im unpassendsten Moment mit ihrem Feuerteufel aufgetaucht wäre.

Am meisten ärgerte ihn die Unverschämtheit des Menschling. Perlen wollte er dafür haben, dass er und die anderen sein Schiff zerstört hatten! Nicht einmal das überraschende Auftauchen des Furunkels konnte Schmafous Wut bremsen. Am liebsten hätte er mit angesehen, wie der Dämon all diese hinterhältigen Menschlinge verschlang!

Schmafou holte aus und trat Balthasar ein weiteres Mal mit aller Kraft gegen das Schienbein.

Ob es nun Absicht war oder ein spontaner Reflex im Angesicht der Gefahr; jedenfalls schnellte das Bein des Soldaten empor, traf den Klabauter in der Magengegend und katapultierte ihn in hohem Bogen über den steinernen Rand der Mole.

Hättest dich eben nicht mit Menschen einlassen sollen, dachte Schmafou ergeben, als er einen dreifachen Salto vollführte und mit einem wenig eleganten, dafür umso schmerzvolleren Bauchklatscher in die Wogen des Meeres stürzte.

Ein Plan nahm in Dalails Gedanken Gestalt an, unmissverständlich und bar jeder Unsicherheit, sodass er keinen Zweifel daran hatte, von seiner alten Freundin Morgaine unterstützt zu werden.

Der Magier riss Aurelia das Quellfeuer aus der Hand. Er trat einen Schritt auf die beängstigend brodelnde Wolke zu, hob die flackernde Kugel hoch über seinen Kopf und brüllte: »SUPANOWA!« Mit aller Kraft schleuderte er das Quellfeuer mitten in den wallenden Nebel.

Ein dumpfer Laut erklang, wie von einem fallenden Mehlsack. Für den Bruchteil einer Sekunde erstrahlte ein grelles, weißes Licht, gleißender als die Sonne, sodass Dalail geblendet die Augen schloss.

Die Wolke pulsierte, zuckte wie ein lebendiges Wesen unter Todesqualen – und zersprang in Tausende winzige Funken. Doch im gleichen Atemzug schoss ein Strahl bläulichen Lichts auf den Zauberer zu, so rasch, dass dieser nicht mehr reagieren konnte.

Dalail fühlte, wie der glühende Tentakel seine magischen Schilder durchbrach, in seinen Körper eindrang und seine Lebensflamme erstickte.

Schade, dachte Dalail, als er zu Boden stürzte. *Beinahe hätte es geklappt.*

Aus den Augenwinkeln sah der Magier, wie sich die Überreste des Dämons in Luft auflösten. So war sein heldenhaftes Opfer wenigstens nicht vergeblich.

Allerdings existierte noch eine wichtige Angelegenheit, die es zu regeln galt: Er musste sein Wissen und seine magische Kraft augenblicklich auf einen anderen Menschen übertragen, bevor beides für immer verloren ging. Aber wer von den Abertausenden Minderbemittelten in der Stadt war besonnen genug, mit einer solchen Verantwortung umzugehen?

Im Grunde kannte er die Antwort. Es gab nur eine einzige Person in seiner Nähe, die für diese Aufgabe in Frage kam. Mühsam fokussierte er die über ihn gebeugten Gesichter.

»Aurelia«, flüsterte Dalail und zuckte zusammen, als die erste Welle aus Schmerz durch seinen Körper jagte. »Ich bin dein …« Ein qualvolles Husten zerriss sein letztes Wort. »…ater!«

»Was?« Aurelia zog die Augenbrauen hoch. »Sprich deutlicher.«

Dieser alte Simulant, dachte sie geringschätzig. *Tut wirklich so, als würde er gleich abkratzen.*

Dalail empfand einen Anflug von Bedauern. *Warum habe ich es nicht schon früher erkannt? Ob meine Tochter dieselben egozentrischen Züge aufweist, wie ich? Ob gar der*

Fluch der Familie auf ihr lastet? Dann wäre es zu riskant, ihr mein Wissen zu übermitteln.

Der brennende Schmerz verstärkte sich, eilte von Schulter und Bauch direkt auf Dalails Herz zu. Der Magier schloss ergeben die Augen.

Egal, war sein letzter Gedanke. *Wenigstens ist sie hübsch.*

Aurelia spürte, wie das Wissen des Zauberers in ihren Verstand drängte. Es war ein unangenehmes und verstörendes Gefühl, dennoch verzichtete sie auf Widerstand. War dies nicht immer ihr Wunsch gewesen? Imposante, magische Kräfte zu besitzen? Zur Herrschaft über die Elemente befähigt zu sein?

Warum eigentlich nicht. Aurelia schloss die Augen und öffnete ihren Geist, genoss die Empfindung neuer, unbekannter Stärke, die in ihren zarten Körper strömte. *Fühlt sich jedenfalls gut an.*

»Was'n los?«, gähnte Bürgermeister Gabriel Schlafgut und rieb sich die Augen. »Weshalb weckt ihr mich schon wieder vor dem Mittagessen?«

»Die Sonne ist soeben untergegangen«, erklärte der livrierte Lakai.

»Umso schlimmer! Also, was gibt's?«

»Das Schiff wurde zerstört.«

»Fein.«

»Der Dämon ist vernichtet worden.«

»Prima.«

»Leider gibt es auch namhafte Opfer zu beklagen – Isegrim Wolfsklaue starb den Heldentod im Kampf mit einem Grendel.«

»Schade.« Der Bürgermeister streckte sich ausgiebig. »Hat immer das beste Bier mitgebracht.«

»Auch Dalail Amar ist von uns gegangen. Aber nur durch sein Wirken konnte der Blähbock besiegt werden.«

»Wir werden ihm ein Ehrengrab errichten.« Der Bürgermeister schnäuzte sich geräuschvoll.

»Erfreulicherweise ist der Posten des Stadtmagiers nicht lange unbesetzt geblieben«, fuhr der Diener fort. »Aurelia Amar, seine Tochter, hat ihn übernommen.«

»Ah, eine Frau! Das hört man gern. Arrangiert zum nächstmöglichen Zeitpunkt ein Treffen.«

Der Lakai nickte mit unbewegtem Gesicht.

»War's das?«, erkundigte sich der Bürgermeister.

»Nur noch eine Kleinigkeit: Der entlaufene Gogo-Troll ist von einem Fremden, der sich selbst *Herr der Klingen* nennt, eingefangen und in dünne Scheiben geschnitten zurückgebracht worden.«

»Schön. Gebt ihm fünf Goldstücke und jagt ihn aus der Stadt. Fremde haben bei uns nichts zu suchen.«

»Ach ja«, ergänzte Bürgermeister Schlafgut, als sich der Diener bereits zum Gehen wandte. »Das nächste Mal will ich nur gestört werden, wenn es wirklich wichtig ist.«

Mit diesen Worten wälzte er sich auf die andere Seite des Bettes und war eingeschlafen, noch ehe der Lakai das Zimmer verlassen hatte.

Aurelia stemmte die Arme in die Hüften und drehte sich einmal im Kreis.

Perfekt, dachte sie und ihre gletscherfarbenen Augen glühten.

Dalail Amar mochte ein wissender – und vielleicht sogar tapferer – Magier gewesen sein, aber von Haushalt und Disziplin verstand er nicht das Mindeste.

Jetzt, nach mehreren Tagen unermüdlicher Arbeit, sah das Innere des Scherbenturms endlich so aus, wie sie es sich vorstellte. Die Bücher ruhten säuberlich aufgereiht im Bücherschrank, die verschiedenen Glasfläschchen, Salben, Tuben und Phiolen waren in eigens dafür vorgesehenen Kästen und Truhen verstaut. Die ehemals schmutzig grau gefärbten Scheiben der Fenster waren geputzt, der Kamin gereinigt und der Boden gekehrt worden.

All diese schweißtreibenden Arbeiten hatte Aurelia selbstverständlich nicht eigenhändig durchgeführt, sondern von untergebenen Geistern und raffinierten Zaubersprüchen erledigen lassen.

Aurelia rieb sich zufrieden die Hände. Nun konnte sie darangehen, die zahlreichen Anfragen, Bitten und Hilferufe notleidender Menschen in der Stadt zu bearbeiten.

Das heißt, sobald ich mit der Maniküre meiner Nägel fertig bin.

Aber so genau brauchte das niemand zu wissen.

Leonys betrachtete die malerische Silhouette der Stadt, eine Ansammlung roter und brauner Farbtupfen, die einige Kilometer unter ihr das Ufer des Meeres säumten. Fast ihr gesamtes Leben hatte sie unter den Menschen verbracht, viele Erinnerungen hafteten an diesem Ort. Dennoch war es ihr letztendlich leicht gefallen, die Stadt zu verlassen – was gab es schon, was sie noch an die Menschensiedlung band, außer Eltern, die ihre Existenz verleugneten?

Leonys lächelte, zum ersten Mal seit vielen Jahren. Tatsächlich hatte sie sich schon lange mit dem Gedanken getragen, auf Wanderschaft zu gehen. Sie wollte die Fremde kennenlernen, Geheimnisse ergründen, neue Männer lieben und alles Bisherige hinter sich lassen.

Leonys warf der Stadt einen letzten Blick zu und setzte ihren bedrohlich summenden Drachenhelm auf. Sie schob ihr gebogenes Harakiri-Schwert – mit dem sie zuvor einen aufdringlichen, mit zahlreichen Klingen bewaffneten Fremdling erschlagen hatte – in die Scheide zurück. Zuletzt schulterte sie ihre mit Werwolfsehnen verstärkte Götterarmbrust und schritt den Thorweg entlang Richtung Norden, hinein in das Unbekannte.

~*~

Melchior und Balthasar lehnten am Hafengeländer vor Mole Nummer fünf und betrachteten den Meereshorizont, über den soeben der erste Schimmer aufkeimender Dämmerung emporstieg.

»Meine Güte, Nachtdienste sind so ermüdend.« Balthasar rieb sich die Augen und gähnte herzhaft. »Hast du nicht Lust auf eine kleine Wette? Wir könnten zum Beispiel …«

»Halt's Maul.« Melchiors Stimme klang brüchig und erschöpft wie die eines alten Mannes. Im Grunde war er das ja auch.

»Okay, schon gut.« Balthasar betrachtete die kleine, blau schimmernde Gestalt, die sich weit draußen am Hafendamm niedergelassen hatte. »Dann eben keine Wetten mehr.«

~*~

Schmafou saß am äußersten Ende von Mole Nummer fünf und ließ die Beine über die steinerne Kante baumeln.

Es war alles umsonst gewesen. Mehrmals hätte er beinahe das Leben verloren, und wofür das Ganze? Das Schiff war zerstört, die letzten rötlich schimmernden Trümmer schon lange von der Strömung davongetragen worden. Zudem stand ihm noch eine Bestrafung durch die Ältesten bevor. Womöglich verbannten sie ihn auf die Schlotterinsel, ein wahrhaft grausiger Ort!

Schmafou rieb sich fröstelnd die Oberarme, erhob sich und warf einen letzten Blick in Richtung der aufgehenden Sonne. Rötlich-gelbe Schlieren überzogen den wolkenlosen Himmel, ein Schwarm Klippenalben segelte weit draußen über die See, der traurige Gesang einer Meernixe tönte die schäumenden …

Schmafou riss die Augen auf. Tatsächlich! Ein winziges Pünktchen, gerade eben über dem feurig schimmernden Horizont zu erkennen. Ohne Zweifel handelte es sich um Schiff, eines der wenigen, das von den Orakelmuscheln nicht vorhergesagt worden war – womit es laut Klabautergesetz seinem Entdecker zustand.

Schmafou holte tief Luft, blähte seine winzige Hühnerbrust und brüllte so laut, dass es auch der letzte Klabauter am anderen Ende des Hafens mitbekommen musste: »Ein Schiff, ein Schiff! Es gehört mir, mir, mir!«

Vermutlich hätte es Schmafous Überschwang selbst dann keinen Abbruch getan, wenn der Klabauter gesehen hätte, dass das Großsegel des mächtigen Fünfmasters von einem brüllenden Löwenschädel geschmückt wurde.

Indessen – was bekümmerten die apokalyptischen Prophezeiungen der Menschen einen kleinen Kobold?

Eben. Nicht im Geringsten.

ENDE

… oder fast, denn etwas fehlt noch:

Die vollreife Wahrheit, was davor geschah!

Schmafou entdeckte sie zuerst.

»Eine Orakelmuschel, eine Orakelmuschel!«, krähte er und begann wie ein Gummiball auf und ab zu hüpfen.

»Wo, wo?«, kreischten die anderen Klabauter im Chor.

»Da, da!«, plärrte Schmafou und deutete auf einen hellen Fleck zwischen den Klippen.

Tatsächlich. Die gelblich pulsierende Eiterbeule war in der nächtlichen Finsternis nicht zu übersehen.

Wie ein Schwarm aufgescheuchter Lemminge stürmten die Kobolde auf die Klippen zu und warfen sich in die tosende Brandung. Allen voran Schmafou. Die Wogen schlugen über seinen Spitzohren zusammen und er paddelte aus Leibeskräften. Nur noch wenige Klabauterlängen, dann hatte er es geschafft!

Wie ein wild gewordener Grendel schoss Halloumi an ihm vorbei und berührte die Orakelmuschel zuerst.

»Ätsch!«, gurgelte er, atmete Meerwasser ein und fing an zu husten wie ein liebestoller Donnerfisch.

Geschieht dir recht, dachte Schmafou verbittert und kletterte neben der Orakelmuschel auf einen Felsen. Irgendwann würde er der Erste sein. Irgendwann würde das nächste Schiff ihm gehören.

Als sich alle Klabauter um die Orakelmuschel versammelt hatten, griff Halloumi nach der Oberseite der Schale und hob sie empor. Darunter hockte der gelblich schimmernde, wie eine behaarte Birne gestaltete Schleimling und warf ihnen einen finsteren Blick zu.

»Seid's ihr a bisserl deppat?«, kreischte er, den zahnlosen Mund weit aufgerissen. »Hobt's mi erst vorige Woch'n g'nervt!«

Die Klabauter ließen sich von dem Gerede nicht beirren.

»Oh, allwissende Orakelmuschel«, intonierte Halloumi. »Wir bitten dich, erhöre uns und beantworte uns eine Frage: Wann wird das nächste Schiff im Hafen einlaufen?«

»Woher soll i des wiss'n?«, keifte der Schleimling und vollzog eine unartige Handbewegung.

»Oh, allwissende Orakelmuschel«, fuhr Halloumi fort. »Wir flehen dich an, gib uns die Auskunft, die wir hören wollen.«

»I denk' gar ned dran!«, zeterte der Schleimling, verschränkte die drei Paar winzigen Ärmchen und drehte ihnen sein rosafarbenes Hinterteil zu.

»Oh, allwissende Orakelmuschel«, winselte Halloumi. »Wir haben ein Lied vorbereitet, um deine …«

»Nein!«, kreischte der Schleimling und hielt sich die Ohren zu.

Die Klabauter rückten näher zusammen und stimmten die Beschwörung an: »Oooh Booot, oooh Booot, oooh Booot …«

»Stopp! Genug! Aufhören!«

Der Schleimling war aufgesprungen und stampfte mit seinen spindeldürren Füßen so fest auf den Weichkörper der Muschel, dass das Meerwasser nach allen Seiten spritzte. »Schon gut, ich verrat' euch, was ihr wiss'n wollt!«

Die Klabauter hielten gespannt inne.

»Das nächste Schiff kommt morg'n.«

»Ahh…« Ein Ausruf des Entzückens löste sich aus den Mündern der Klabauter und schwebte über die See.

»Was … für ein Schiff ist es, oh, allwissende Orakelmuschel?«

»'ne Fregatte. Mit Zwergen an Bord.«

Halloumi stieß einen begeisterten Schrei aus, während sich Schmafous Spitzohren wie verdorrte Palmenblätter abwärts neigten.

Ausgerechnet Zwerge. Die hatten immer die größten Köstlichkeiten an Bord – Edelsteinkuchen, Höhlenkirschen und Diamantknäckebrot. Manchmal sogar Glühwurmgulasch.

Schmafou knirschte mit den Zähnen und spannte die Schwimmhäute zwischen seinen Zehen. *Das ist einfach nicht fair!*

Balthasar rieb sich die schmerzende Wange, als er am Strand entlangmarschierte. Es war beileibe nicht das erste Mal, dass er bei einer Auseinandersetzung den Kürzeren gezogen hatte. Ebenso wenig war es außergewöhnlich, dass ihn eine Frau geschlagen hatte; doch war er noch nie von einem weiblichen Wesen mit einem Fluch belegt worden.

Balthasar strich sich die schulterlangen, ungezähmten Haare aus dem Gesicht und näherte sich einer Salzlacke, die in der windstillen, mondhellen Nacht einem riesigen Spiegel glich. Er warf seinem Ebenbild das gewohnt schelmische Grinsen zu; aber das Ergebnis ähnelte mehr einer Grimasse. Der feuerrote Handabdruck auf seiner Wange, unnatürlich hell leuchtend und sämtliche Finger klar abgegrenzt, war über jede Mimik erhaben.

Balthasar schüttelte verdrossen den Kopf. Dabei hatte er Aurelia bloß einen Kuss gegeben; einen völlig harmlosen Lippenzüngelkuss. Sie hatte verdammt heiß ausgesehen in ihrem eng anliegenden, dunkelroten (und halb durchsichtigen) Feenflügelkleid. Schade, dass er nicht dazugekommen war, mit seinem berühmt-berüchtigten Zungenwedler ihre Gehörgänge zu umrunden. Sie wäre ihm zu Füßen gelegen, ganz bestimmt!

Balthasar hielt inne. Was war das? Der Wind trug eigenartige Geräusche an sein Ohr. Fast wie ein Rufen. Oder wie Schreie.

Nein, erkannte Balthasar und runzelte die Stirn, als er den Blick auf die wenige Dutzend Schritte entfernten Klippen richtete. *Sind nur die Klabauter.*

Ihrem Gekreische nach zu urteilen, musste etwas Bedeutsames vorgefallen sein. Vielleicht hatten sie ja einen Schatz gefunden; eine Truhe, randvoll mit Gold, Perlen und schimmerndem Geschmeide.

Balthasar fing an zu sabbern. Reichtum, was für ein verlockender Gedanke … Nie mehr arbeiten, nie mehr seinen Bruder um Geld anpumpen, nie mehr splitterfasernackt aus dem Freudenhaus gejagt werden, im Gegenteil: Die Frauen würden ihn anbeten wie einen Gott!

Balthasar wandte sich um und stapfte in Richtung der Klippen. Falls es bei den Kobolden etwas zu holen gab, würde er einen Weg finden, sich seinen Anteil zu sichern.

Unvermittelt erschien ein heller, menschlicher Schatten in seinem Blickfeld. Die Gestalt war groß, korpulent und bis jetzt von Felszungen verborgen gewesen. Sie stand völlig regungslos und wandte Balthasar den Rücken zu.

Der Soldat duckte sich hinter die leere Hülle einer Monsterkrabbe und lugte darüber hinweg. Wer zum Hering begab sich um diese Uhrzeit zum Strand? Nur ein Verrückter, Dummkopf oder Wechselbalg kam in Frage.

Unglaublich, dachte Balthasar, als er den Mann erkannte. *Was für hübsche Hemden er immer trägt.*

Dalail Amar stand stocksteif, wie eine vom Meerwasser geformte Säule aus Sand und Salz. Schweißperlen bedeckten seine Stirn. Das edle, mit Rüschen bestickte Seidenhemd war durchnässt und roch unangenehm nach altem Fisch. Aber so war es nun mal, wenn man sich mit Lebertran einschmierte und danach minutenlang am Meeresufer stand; wohlgemerkt: Kurz nach Mitternacht, auf einem Bein stehend und ohne Hose.

Der Magier zitterte.

Ruhig Blut, dachte er. *Gleich hast du es geschafft!*

Die einsame Haarlocke auf seinem Schädel wippte auf und nieder, als wollte sie abwägen, ob sie der Beschwörung des Zauberers folgen sollte oder nicht. Sie ringelte sich wie ein Schweineschwanz, streckte sich wie eine Raupe – und entschied, nicht folgsam zu sein. Dalail Amar spürte, wie sich der kümmerliche Rest seiner Körperbehaarung aus der Kopfhaut löste und zu Boden fiel.

»Mist«, fluchte der Magier, verlor das Gleichgewicht, ruderte hilflos mit seinen fleischigen Armen und stürzte der Länge nach in den Sand. Prustend und keuchend kam er wieder hoch. Er spürte knirschende Sandkörnchen zwischen den Zähnen; sowie einen emsig krabbelnden Dünenkäfer, den er in hohem Bogen ausspie.

Dalail warf einen Blick auf seine Hände hinab – und erstarrte. Womit hatte er das verdient? Wie grausam konnte das Schicksal sein? Er hatte sich einen Fingernagel eingerissen!

Wutentbrannt ergriff der Zauberer eine angespülte Muschelschale und warf sie mit aller Kraft auf das Meer hinaus.

Dalail lauschte auf das Klatschen des Aufschlags, doch es kam nicht. Stattdessen erklang ein helles Surren, das sich rasend schnell näherte – und Dalail wurde von einem spitzkantigen Gegenstand am Kopf getroffen.

»Oh weh!«, jaulte Dalail und rieb sich die Stirn. Mit zusammengekniffenen Augen betrachtete er das Wurfgeschoß. Es handelte sich um dieselbe Muschel, die er vor wenigen Sekunden fortgeschleudert hatte. Höchst eigenartig.

Ein helles Kichern in seinem Rücken ließ ihn herumfahren. Der Magier riss die Augen auf – zwischen den sterblichen Überresten einer Monsterkrabbe hockte jemand und lachte ihn aus!

Dalail zögerte nicht, seine angeschlagene Autorität wieder herzustellen, und feuerte einen bläulichen Blitz aus seinem Mittelfinger, der den Unbekannten an der Brust traf und meterweit über die sandigen Dünen fegte.

Zufrieden rieb sich Dalail Amar die Hände. Um wen auch immer es sich gehandelt hatte, ihm würden noch Stunden später kribbelnde Elmsfeuer über die Haut tanzen.

Der Magier griff nach seinem Kosmetiktäschchen. Die Wiederherstellung seiner einstigen Lockenpracht war fehlgeschlagen. Also konnte er genauso gut den Heimweg antreten und sich ein wenig in seiner selbst konstruierten Luftblasensprudelbadewanne entspannen. Natürlich zusammen mit einem gekühlten Bier; und einer Nagelfeile.

Schmafou schüttelte verwundert den Kopf. Diese Menschlinge waren doch wirklich seltsam. Zuerst der ahnungslose Dummkopf, der beinahe in das Loch eines Strandwurms gefallen wäre, und dann diese halbnackte, übel stinkende Gestalt, die eine heilige Muschel nach dem Seegeist geworfen hatte. Ein Wunder, dass der Dschinn diesen Verrückten nicht mit einem Quetschstrudel zermalmt hatte.

Schmafou schürzte die Lippen. Er sollte sich nicht so viele Gedanken über die Menschlinge machen. Nicht zuletzt lautete der Titel eines klabautischen Seemannsgarns: *13 ½ Gründe für die widernatürliche Abartigkeit der gemeinen Menschen / oder: 13 ½ lebende Menschen brauchen nur ein Hirn / oder: Abhandlung zum Menschen – Die zweibeinige Laune der Natur mit dem Verstand eines Wellenflohs.*

Schmafou wackelte zustimmend mit seinen Spitzohren, trippelte auf seine Gefährten zu und ließ sich in dem Halbkreis nieder, den die übrigen Klabauter um ihren Anführer gebildet hatten.

Gorgonzola rollte seine riesigen Augäpfel und schüttelte die schwarzen Rastalocken, als wäre er ein Melano-Einhorn im Galopp. »Ich will euch 'ne Geschichte e'zähl'n.«

»Eine Geschichte, eine Geschichte!«, kreischten die Klabauter im Chor.

»Die Geschichte von 'nem Schibb.«

»Ein Schiff, ein Schiff!«, johlten die Kobolde und hopsten begeistert auf und nieder.

»Am Anfang«, begann Gorgonzola, »gab es die Wes'n, die im Mea lebden, und jene, die an Land ih' Z'hause hatt'n. Weda konnt'n die G'schöpf' des Meas an Land geh'n, noch die K'eatu'en vom Land ins Wassa. Damals schwamm kein einz'ges Schibb im Mea.«

»Ohh…« Die entsetzten Blicke der Klabauter hätten jeden Grendel in die Flucht geschlagen.

»Aba dann«, Gorgonzola erhob seine Stimme, »hatte Mozza'ello, unsa alla U'vate', die gen'ale Idee: E' nahm 'nen Baumschdamm, 'ollte ihn ins Wassa und sezde sich ob'n d'auf. Dad e'ste Schibb wa' gebo'en!«

Die übrigen Klabauter klatschten begeistert, krakelten aus vollem Hals und wackelten mit ihren Spitzohren wie Fledermausflügel.

»Scheiddem muss auf jed'm Schibb 'n K'abauda sein. Und wa'um is' dad so?«

»Ein Klabauter am Schiff, fährt nie auf ein Riff, ist keiner an Bord, gibt's Totschlag und Mord!«, dröhnten die Klabauter im Chor.

»Genau!«, kreischte Gorgonzola. »Wea zue'schd bei da Mole is', k'iegt das ledschde Schtück vom Apfelscht'udel!«

Die Klabauter sprangen auf, traten und schubsten einander, und jagten in Richtung Hafen davon. Nur einer regte sich nicht – Schmafou. Seine Gedanken waren ganz woanders: Bei der schönsten Sache der Welt und der Frage, wie er sie bekommen konnte. Sollten sich die anderen um den Apfelstrudel balgen, er hatte höhere Ziele.

Schmafous verträumter Blick wanderte auf die offene See hinaus. *Irgendwann*, dachte er, *krieg' ich auch mal ein Schiff.*

ENDE

… oder fast, denn eine letzte Sache wäre da noch:

windstill

eine kurz(e) Geschichte vom Meer

Das Meer lag da wie eine polierte Scheibe aus Silber. Die aufgehende Sonne zeichnete mosaikhafte Bänder auf die Oberfläche der See. Keine einzige Wolke stand am Himmel, nicht der leiseste Windhauch regte sich. Es war die perfekte Flaute.

Odin Seemuss rümpfte die Nase. Der alte Fischer war beileibe niemand, der schnell die Fassung verlor oder im Unglücksfall in Selbstmitleid versank. Auch hatte er die Angewohnheit, stets vorzusorgen. Als Berufsfischer in diesen unsicheren Gefilden war dies auch unumgänglich.

Doch heute hatte Odin ein ungutes Gefühl. Er war wie immer vor dem Sonnenaufgang und bei prächtigem Wetter aufgebrochen. Die Klabauter hatten noch geschlafen und ihn somit unbehelligt gelassen. Der Wind war als steife Brise von den Bergen herabgefahren und hatte sein kleines Segelboot auf die glitzernde See hinausgetragen. Früher als erwartet war er bei seinen bevorzugten Fischgründen, ein paar Kilometer von der Küste entfernt, angelangt. Er hatte den Anker und die Netze ausgeworfen und es sich bei einem Gläschen Brummelwasser gemütlich gemacht.

Vor etwa einer Stunde war ihm aufgefallen, dass der Wind nachließ. Das war sowohl für die Tages- als auch Jahreszeit ungewöhnlich. Vor wenigen Minuten war die leichte Brise völlig eingeschlafen. Mittlerweile hingen Segel und Wetterfahne reglos herab. Es sah nicht danach aus, als würde sich die Flaute bald bessern.

Odin seufzte, kratzte sich das bartlose Kinn und strich sich über die kurzen, weißen Haare. Er warf einen skeptischen Blick auf die beiden Ruder, die an der Innenwand der Reling befestigt waren. Schon unter normalen Umständen war es ein hartes Stück Arbeit, von den Fischgründen bis zum Ufer zu rudern; die Küste erschien momentan nur als verwaschener, dunstiger Schemen am Horizont. Das Problem war, dass er sich vor einigen Tagen eine Zerrung in der Schulter zugezogen hatte. Rudern würde die Sache kaum angenehmer gestalten.

Odin seufzte erneut. Selbstverständlich hatte er für den unwahrscheinlichen Fall einer Windstille vorgesorgt. Aber seine magischen Hilfsmittel wollte er nur im Notfall antasten. Als Fischer wurde man nicht reich. Zauberei war teuer; besonders, wenn man die Qualitätsprodukte des Stadtmagiers verwendete.

Odin beschloss, seinen heutigen Fischzug vorzeitig zu beenden. Falls er tatsächlich die gesamte Strecke rudern musste, würde er erst in den späten Nachmittagsstunden im Hafen einlaufen. In die Abenddämmerung zu gelangen, war unklug; und während der Dunkelheit noch am Meer unterwegs zu sein, führte mit einiger Wahrscheinlichkeit zu einem qualvollen Tod.

Der alte Fischer begann seine Netze einzuholen. Die Ausbeute war mager. Im ersten Netz fanden sich bloß ein paar Weißfische, die er nicht am Markt verkaufen, sondern nur selbst verzehren konnte. Im zweiten Netz hatte sich immerhin ein kleiner Werfisch verfangen. Sein drittes und letztes Netz bot eine Überraschung; oder eigentlich sogar zwei: Kaum hatte Odin das Netz aus dem Wasser gezogen, erklang ein durchdringendes Prusten und Fluchen – ein liebestoller Donnerfisch zappelte im Gewebe. Odin beeilte sich, den Fisch aus den Maschen zu befreien und mit einem Knüppel zum Schweigen zu bringen; nicht, dass der Donnerfisch ein gefräßiges Weibchen anlockte. Die zweite Überraschung bestand in einem Teufelsfisch beachtlicher Größe, der ganz unten im Netz hing.

Odin zögerte. Der Teufelsfisch brachte mit Sicherheit den besten Preis am Markt. Auch hatte er schon seit Wochen keinen mehr gefangen. Allerdings war der Transport aufwendig und konnte nur lebend vonstattengehen. Frisch galt Teufelsfisch als Delikatesse. Doch bereits wenige Stunden nach seinem Tod stellte sich ein übler, durchdringender Gestank ein, der das Tier völlig wertlos werden ließ. Dummerweise hatte Odin für einen Fisch dieser Größe kein passendes Gefäß bei sich. Ebenso konnte er ihn nicht im Netz belassen, da auf diese Weise Haie angelockt wurden. Wenn er das Tier jetzt tötete, erreichte er den Hafen umhüllt von einer ekelerregenden Duftwolke. Vermutlich waren dann auch Wer- und Donnerfisch wertlos.

Schweren Herzens klaubte Odin den Teufelsfisch aus dem Netz und warf ihn zurück in die Fluten. Er holte den Anker ein, löste die Paddel aus ihrer Verankerung und setzte sich auf die Ruderbank.

Bereits der erste Zug schickte eine Welle aus Pein durch seine Schulter. Odin biss die Zähne zusammen. Er durfte nicht an die Schmerzen denken, nur an die Bewegung: vorbeugen, Paddel eintauchen, strecken, Paddel anheben, vorbeugen, Paddel eintauchen …

Ein harter Schlag prellte ihm das linke Ruder aus der Hand. Verdattert starrte Odin auf das Paddel, das von unsichtbarer Hand gezogen aus der Dolle sprang, ins Meer eintauchte und einen Augenblick später verschwunden war. Bevor Odin seine Überraschung überwinden konnte, erfasste die Erschütterung auch das rechte Paddel. Wie das linke wurde es aus der Halterung gerissen und versank in einer aufspritzenden Fontäne im Meer.

Viel hatte Odin Seemuss auf seinen Fahrten bereits erlebt – tobende Stürme, blutrünstige Grendel, dampfende Nebelhexen, kreischende Sabbermöwen, horrende Meeresdschinne, schäumende Strudelwürmer und tückische Algenfeen. Einmal war er durch ein Unwetter erst nach zehn Tagen Irrfahrt in die Stadt zurückgekehrt; ausgedörrt, von der Sonne verbrannt und völlig entkräftet.

Aber bislang hatte er die Gefahren stets kommen gesehen. Jedes Wesen, jede Naturerscheinung, kündigte sich durch spezielle Vorzeichen an. Odin hatte ein Auge für die Veränderungen im Gefüge der Welt. Gewöhnlich schlug sein innerer Alarmgeber sofort an, wenn etwas auf See nicht länger der Normalität entsprach.

Offenbar war ihm diese Fähigkeit abhandengekommen. Der magische Angriff, um den es sich handeln musste, traf ihn völlig unvorbereitet. Weit und breit gab es keinerlei Anzeichen von Gefahr. Die Sonne schien von einem makellosen Himmel, das Meer lag so glatt und unberührt, dass es aus Stahl hätte sein können, und die ferne Küste lag in einen feinen, unbewegten Dunstschleier gehüllt.

Die Möwen fehlen, wurde ihm schlagartig bewusst.

Odin presste die Lippen aufeinander. Die Vögel mussten bereits vor einiger Zeit verschwunden sein, noch bevor er die Netze eingeholt hatte. Eigentlich hätten sie ihn auf der Jagd nach Fischabfällen umkreisen müssen wie ein Schwarm Mücken. Weshalb, zum Teufel, war ihm das nicht aufgefallen?

Odin fuhr sich über das mit Runzeln übersäte, wettergegerbte Gesicht. Wenn ihn seine Erinnerungen nicht trogen, waren seit Beginn der Flaute keine Vögel mehr am Himmel erschienen. Das ließ nur einen Schluss zu: Die derzeitige Windstille besaß keine natürlichen Ursachen.

Ein jähes Frösteln erfasste Odins Nacken. Er musste umgehend dafür sorgen, dass er heimkehren konnte. Der alte Fischer sprang auf und hastete in die Kajüte. Mit fliegenden Fingern kramte er in seiner Truhe für Notfälle, fischte zwei blau schimmernde Perlen hervor und eilte nach draußen. Im Sonnenlicht war zu erkennen, dass die eine Perle heller schimmerte als die andere und sich nebelige Schlieren in den Kugeln im Kreis bewegten; und zwar im Uhrzeigersinn in der lichtblauen Perle und entgegen dem Uhrzeigersinn in der dunkleren.

Der alte Fischer brachte das eine magische Utensil an den Bug des Schiffes und das andere ans Heck. Anschließend sprach er eine kurze Beschwörungsformel, die ihn der Stadtmagier gelehrt hatte. Die Perlen zerbarsten klirrend, zwei mächtige Rauchwolken erhoben sich vom Deck und schraubten sich gen Himmel. Wie zuvor bewegten sich die Schwaden gegengleich; und zwar linksherum im Heck und rechtsherum im Bug des Schiffes. Die beiden Wirbelwinde verbanden sich, wurden breiter, intensiver – und eine kräftige Böe fegte über die Planken.

Odin atmete erleichtert auf, als sich die Segel strafften und das Schiff Fahrt aufnahm. Ein Hoch der Magie! Ohne sie wäre er wohl verloren gewesen. Er musste daran denken, sich bei Dalail Amar, dem Stadtmagier, für seine Künste zu bedanken; und zwei neue Sturmperlen zu erstehen. Vielleicht sollte er auch …

Der Perlenwind blies nicht gleichmäßig, so wie es sein sollte. Er wurde mal kräftiger, mal schwächer, brachte die Segel zum Flattern.

Unvermittelt lösten sich die beiden Luftwirbel von ihren Positionen an den Enden des Schiffes und wanderten aufs Meer hinaus. Träge glitten sie über die gekräuselte See, wurden dünner, höher – und lösten sich auf. Wenige Sekunden später lagen Boot und Meer so unbewegt wie zuvor.

Odin ließ sich auf die Sitzbank fallen. Hier ging es definitiv nicht mit rechten Dingen zu. Die Perlen hätten funktionieren müssen, er hatte sie selbst getestet. Irgendjemand – oder irgendetwas – wollte verhindern, dass er den Heimweg antrat. Es war unwahrscheinlich, dass dieser Jemand Positives im Schilde führte.

Entschlossen erhob er sich. Noch hatte er nicht alle seine Möglichkeiten ausgeschöpft. Erneut betrat er die Kajüte und durchstöberte seine Truhe. Odin langte nach einem vergilbten Stück Papier und der beigelegten Opfergabe in Form eines kleinen Säckchens, gefüllt mit den Samen verschiedener Obstbäume. Er trat an die Reling, betrachtete die verschnörkelten Buchstaben auf dem Papier, holte tief Luft und intonierte:

Regen, Wind und Schnee
Sturmdonner, Blitz – juchhe!
Sonne, Wolken, Hagelschlag
was dieser Tag mir bringen mag
erhöre meine Bitte
wie es seit Urzeit Sitte
du Wetterhex' der See!

Ein Vibrieren der Luftmasse, ein dunstiger Schatten, nur wenige Schritte vom Bootsrumpf entfernt. Odin zögerte nicht und warf das Säckchen mit den Opfergaben in den immer dichter werdenden Nebel. Ein gurgelndes Geräusch erklang, fast wie ein Rülpsen – und der Beutel war verschwunden. Die Dampfwogen verdichteten sich, formten Arme, Beine, ein Gesicht – die Wetterhexe nahm Gestalt an.

»Ah…«, erklang eine säuselnde Stimme. »Ein Menschling …«

»Verehrte Wetterhexe«, sagte Odin mit fester Stimme. »Ja, ich bin ein Mensch; ein Mensch in Not! Ich brauche deinen Beistand, um ...«

»Hat der Menschling auch einen Namen?«

»Oh, äh … natürlich. Ich heiße Odin Seemuss, Sohn des Schlaertes, Enkel des …«

»Was interessiert uns sein Name?!«, polterte die Wetterhexe los und drehte sich einmal um die eigene

Achse. »Ich sage: versenken! Und dann wieder fliegende Fische fangen.«

»Sei doch mal Windstille«, fuhr die Wetterhexe mit veränderter, tadelnder Stimme fort. »Vielleicht weiß er nette Geschichten.«

»Was interessieren mich seine Geschichten«, brauste der Seegeist auf. »Ich will fliegende Fische fangen, kapiert?«

»Schrei mich nicht an! Was kann ich dafür, dass du zu tollpatschig bist, um Wellenflöhe zu erwischen?«

»Zu tollpatschig? Pah! Deine Arme haben zu wenig Gelenke!«

»Erstens sind es auch deine Arme und zweitens besitzen sie keine Gelenke.«

»Willst du mir etwa erklären, wie unsere Gestalt funktioniert? Dann erinnere dich mal an unsere Begegnung mit dem Grendel. Da habe ich dir doch tatsächlich beibringen müssen …«

»Ähm …«, sagte Odin, der dem Gezanke der Wetterhexe mit offenem Mund gefolgt war. »Ich würde gern eine Bitte vortragen.«

»Wer ist denn das?«, fragte Wetterhexe Nummer eins.

»Sieht nach einem Menschling aus«, erwiderte Hexe zwei.

»Ist der schon länger da?«

»Keine Ahnung.«

»Hat er uns beschworen?«

»Keine Ahnung.«

»Vergessen wir ihn einfach. Wir haben Wichtigeres zu tun!«

»Moment mal«, empörte sich Odin. »Ich habe dir ein Opfer dargebracht!«

»So? Kann mich nicht erinnern.«

»Doch, ganz bestimmt! Es war ein Säckchen, gefüllt mit den köstlichen Samen an Land wachsender Bäume.«

»Das hätte ich nicht vergessen. Du lügst.«

»Nein, es ist die Wahrheit! Ich habe …«

»Er lügt«, flüsterte die Wetterhexe mit verschlagener Stimme. »Wir sollten ihn verschlingen. Oder versenken. Oder einen Strudelwurm rufen.«

»Nein, bitte nicht«, flehte Odin. »Ich will einfach nur nach Hause.«

»Dann fahr halt heim.« Die Wetterhexe wirkte gelangweilt. »Wir gehen jetzt Wellenflöhe fangen!«

»Hey«, begehrte Odin auf – allerdings nur mit halber Lautstärke. Der Seegeist zeigte auch keine Reaktion, wandte sich ab und schwebte davon.

In diesem Moment erklang ein tiefes, klirrendes Lachen. »Du wirst kein Glück haben, Menschling. Sie ist völlig durch den Wind.«

Auf der anderen Seite des Schiffes war eine kleine, verhutzelte Gestalt erschienen, die auf dem Wasser stand. Oder nein: Das Wesen hockte auf einer durchsichtigen, spiegelnden Platte von mehreren Schritten Durchmesser. Das tellerartige Gebilde schien an der Oberfläche des Meeres zu kleben; was gar nicht so falsch war, wie Odin wusste. Die Oberflächenspannung des Wassers bewahrte die Platte davor, unterzugehen; eine Platte, die aus gefrorenem Wasser bestand – das gängige Fortbewegungsmittel von Flautengnomen.

Es war das erste Mal, dass Odin einem begegnete.

»Ich mache dir einen Vorschlag«, krächzte der Gnom. »Wir spielen ein Spiel. Wenn du gewinnst, befreie ich den Wind und du kannst heimkehren. Falls ich gewinne«, der breite Mund des Naturwesens wölbte sich nach oben, »bleibst du hier. Für immer.«

Was so viel heißt wie: Ich sterbe, dachte Odin und erschauderte.

»Nein«, sagte der alte Fischer bestimmt. »Kein Interesse.«

»Bist du dir sicher? Ohne mich kehrt der Wind nicht zurück.«

»Ja, ich bin mir sicher. Danke für dein Angebot, aber: nein.«

»Ganz wie du willst«, schnurrte der Flautengnom und strich sich über den grünen Algenbart. »Mal sehen, wie du in ein paar Stunden darüber denkst.«

Er lachte hämisch und tippte mit dem Fuß auf seinen fahrbaren Untersatz. Die schillernde Plattform glitt in beeindruckender Geschwindigkeit davon, ohne dabei eine einzige Welle zu erzeugen.

Odin blickte dem Flautengnom hinterher, bis dieser nur noch ein kleiner Punkt am Horizont war. Er wusste, was man über diese Wesen erzählte. Flautengnome galten als ungemein mächtig, waren tückisch, hinterhältig und selten ehrlich; Gründe genug, um nie, aber auch niemals, einen Handel mit ihnen abzuschließen.

Odin stieß entmutigt die Luft aus. Irgendwann blieb ihm keine Wahl, als auf den Vorschlag des Gnoms einzugehen. Eine Nacht am Meer barg Gefahren, wohingegen sich der Tod wie ein Geschenk ausnahm. Er würde sich auf das Risiko einer Wette einlassen müssen – sofern nicht ein Wunder geschah.

Eine winzige Unregelmäßigkeit am Horizont nahm seine Aufmerksamkeit in Anspruch. Odin riss die Augen auf. Konnte es sein, dass …?

Der alte Fischer hätte einen Freudensprung vollführt, wenn seine müden Gebeine mitgespielt hätten. Dort, in der Ferne, unweit des entschwindenden Flautengnoms, war ein zweiter Schemen aufgetaucht – ohne Zweifel ein Schiff!

Ein freudiges Jauchzen drang aus Odins Brust. Er hob die Arme, winkte und rief. Das unbekannte Gefährt hielt direkt auf ihn zu, näherte sich mit hoher Geschwindigkeit. Schon bald erkannte Odin, dass es sich um einen mächtigen Dreimaster handelte, gefertigt aus dunkelrotem Holz; vielleicht ein Ringlotten-Kreuzer, ein etwas ungewöhnliches Boot in diesen Gewässern.

Der alte Fischer ließ die Arme sinken und verstummte. Ihn beschlich ein Gefühl von Unruhe. Je näher das unbekannte Schiff kam, desto mehr Absonderlichkeiten fielen ihm auf: Die Segel waren trotz der anhaltenden Windstille gebläht wie bei einer kräftigen Brise, das Schiffsdeck menschenleer und die Seile der Takelage wie angriffslustige Nattern ständig in Bewegung. Dies alles erweckte nicht den Eindruck, als wäre er auf dem fremden Schiff willkommen.

Odin straffte die Schultern. *Ich will doch heim, verdammt!* Alles war besser, als hier zwischen tückischen Gnomen und verblödeten Seegeistern zu verkommen. Außerdem hielt der Kreuzer direkt auf die Küste zu.

Abermals hob Odin die Arme, fuchtelte umher, als wollte er einen wildgewordenen Hornissenschwarm abwehren. Er schrie lautstark um Hilfe, als das unbekannte Schiff in nur wenigen Dutzend Schritten Entfernung an seinem Boot vorbeischoss.

Doch kein Laut der Erwiderung erklang, kein lebendiges Wesen zeigte sich an Deck. Das Gefährt wurde auch nicht langsamer und entschwand rasch in Richtung Küste. Das Einzige, das sich veränderte, war die Atmosphäre. Ein eigentümlicher Geruch, ein beißender Gestank hing mit einem Mal in der Luft. Durch die Windstille war er noch Minuten später als unangenehmes Kratzen im Hals wahrnehmbar.

Odin seufzte zum wiederholten Mal, ließ sich schwer auf seinen Sitzplatz fallen und vergrub das Gesicht in Händen. Was sollte er nur tun?

Die Stunden verstrichen. Die Sonne erreichte ihren Tageshöchststand und wanderte in den Nachmittag. Einige Nixen tauchten auf, baten und bettelten so lange, bis es Odin zu viel wurde und er seine gefangenen Fische an die hungrigen Scheinfrauen verteilte. Das Heulen und Kreischen der Fischweiber, als sie sich um das Futter balgten, hallte wie Kriegsgeschrei über die makellose See.

Kurz darauf geschah das, was Odin bereits befürchtet hatte: Bewegungslos daliegende Boote, noch dazu bei Windstille, lockten Geschöpfe mit besonderen Bedürfnissen an – Windsbräute. Es waren drei an der Zahl, die sich in Form bläulich gefärbter Luftblasen seinem Schiff näherten. Im Inneren jedes schwebenden Ovals tanzte eine junge, menschengroße Frauengestalt. Mit sinnlichen Lippen, edlen Gesichtszügen und kurviger Weiblichkeit waren sie äußerlich vollkommen. Feurige Blicke und lüsterne Gebaren ließen keinen

Zweifel daran, dass die verführerischen Wesen für alles zu haben waren.

Die ganze Schönheit hatte bloß einen Haken: Jeder körperliche Kontakt zu einer Windsbraut bedeutete geistige Umnachtung. Der tosende Elementarwind, welcher die Luftblasen erfüllte, zerstörte den Verstand und ließ das Opfer zu einem willenlosen Spielball der Windsbraut werden.

Indessen gab es einen Trumpf, den man ausspielen konnte: Eine Windsbraut besaß keine Handhabe, solange man nicht den notwendigen Heiratsschwur geleistet hatte. Wer hingegen der Schönheit erlag, dumm, leichtsinnig oder wollüstig genug war, sich auf den Schwur einzulassen, dem war nicht mehr zu helfen.

»Oh, welch schöner Jüngling«, säuselte die erste Windsbraut.

»Mein edler Retter in der Not«, hauchte die zweite.

»Ich werde dir all deine Wünsche und Begehren erfüllen«, wisperte die dritte.

»Fein«, meinte Odin. »Bring mich und mein Schiff zurück zum Hafen.«

»Nicht so schnell«, lachte die Windsbraut und schwang keck ihre Hüften. »Zuerst musst du eine Kleinigkeit für mich tun.«

»Und das wäre?«

»Einen kurzen Spruch aufsagen. Nur ein paar Worte. Nix Aufregendes. Und dann kannst du alles haben, was du willst.«

»Was ist das für ein Spruch?«

»Ein ganz harmloser. Er lautet: *Ich schenke dir mein Herz und meine Seele, sei meine Braut, vermähle.*«

»Das kann ich nicht tun.«

»Weshalb nicht?«, erkundigte sich die zweite Windsbraut lauernd.

»Weil ich es nicht übers Herz bringe, eine von euch Schönheiten zu enttäuschen. Schließlich kann ich den Schwur nur einmal leisten.«

»Das ist wahr«, stellte die dritte Windsbraut fest. »Was tun wir da, meine Schwestern?«

»Wir tranchieren«, meinte das erste Geistwesen.

»Oh ja!«, krakelte die zweite Windsbraut. »Wir teilen ihn auf! Ich will seinen Hintern!«

Oh, oh, dachte Odin. *Nicht gut.*

»Na, hast du es dir anders überlegt?«, erklang eine weitere, ausnehmend hämische Stimme. Odin brauchte nicht den Kopf zu wenden, um zu wissen, dass der Flautengnom zurückgekehrt war.

»Vielleicht«, lenkte der alte Fischer ein. »Was ist das für ein Spiel?«

»Ein Ratespiel. Ich stelle eine Frage, du antwortest. Liegst du richtig, kehrt der Wind zurück. Irrst du dich, bleibst du für immer.« Wieder dieses unverschämte Grinsen.

Odin schüttelte stumm den Kopf. Aber blieb ihm etwas anderes übrig?

»Sag den Spruch, los!«, fauchte eine der Windsbräute und schwebte bis auf Haaresbreite an Odin heran.

Dieser fuhr zusammen. »In Ordnung«, sagte er an den Flautengnom gewandt. »Ich mache es.«

»Die Frage lautet: Was halte ich in meiner Hand?«

Ich bin verloren!, dachte Odin verzweifelt und fühlte, wie seine Knie schwach wurden.

»Sag endlich den Spruch!«, kreischte eine der Windsbräute.

»Ich sag ihn, wenn ihr mir das Ding in der Hand des Flautengnoms bringt!«, rief Odin in höchster Not.

Die drei Windsbräute warfen sich einen Blick zu.

»Denkt nicht mal dran«, drohte der Gnom. »Ich werde euch alle vernich…«

Die Windsbräute stießen ein kollegiales Gebrüll aus und stürzten sich auf den Flautengnom. Ein weißer Blitz zuckte auf, eine der Windsbräute torkelte zur Seite und zerplatzte wie eine fallen gelassene Glasflasche. Gleichzeitig schrie der Gnom vor Schmerz, sein spiegelnder Untersatz vibrierte.

»Was ist denn hier los?«, empörte sich eine Stimme.

Die Wetterhexe war zurückgekehrt. Sie rollte ihre zahlreichen Augen und drehte sich um die eigene Achse. »Das reinste Tollhaus! Und das so früh am Morgen.«

»Es ist schon nach Mittag«, keifte sie gleich darauf und wackelte mit ihren rauchigen Gliedmaßen. »Schau auf die Sonne, du verblödeter Klabauterfurz!«

»Du musst nicht gleich ausfallend werden«, fuhr sie mit beleidigter Stimme fort.

In diesem Moment erklang ein fulminantes Rauschen und Brausen. Augenblicke später fegten mächtige Böen über das Meer, die silbrige Glätte der Wasseroberfläche zerbarst wie ein gesprungener Spiegel. Der stürmische Wind erfasste das Schiff, füllte die Segel – mit einem Ruck nahm das Boot Fahrt auf.

Odin klammerte sich an die Reling, zerrte an den Schoten und brachte Fock und Großsegel in die richtige Position. Immer schneller jagte sein Kahn über die See, sprang über erste, schäumende Wellenkämme.

Ein Blick zurück gab ihm die Gewissheit, dass er nicht verfolgt wurde. Flautengnom und Windsbräute waren nirgends zu sehen. Von einer rasch kleiner werdenden, verwaschenen Rauchwolke drang ein gerade noch verständlicher Ruf zu ihm: »Was zum Gewittersturm hast du jetzt wieder angestellt?!«

Odin packte das Steuerruder, zog den Bug in Richtung Küste und stieß pfeifend die Luft aus. Was für ein Tag! Wenn er heimkehrte, würde er sogleich ins *Torkelnde Pony* marschieren und seine Erlebnisse berichten. Seine Geschichte war es definitiv wert, dass eine Odyssee geschrieben wurde.

ENDE

… und diesmal richtig!

NACHWORT

Faule Ladung war mein erster veröffentlichter Roman. Der Verlag, bei dem das Werk ursprünglich erschienen ist, hat im Jahr 2015 seine Arbeit eingestellt. Drei Jahre musste *Faule Ladung* ruhen, bis ich das Buch – komplett überarbeitet – neu auflegen konnte, diesmal über BoD.

Ich hoffe, Sie wurden gut unterhalten. Wenn ja: Schreiben Sie mir. Oder verfassen Sie eine Rezension auf den Online-Seiten von Amazon, Thalia, Weltbild oder einer der Leserplattformen im Internet. Ich freue mich über jede Form des Feedbacks!

Ob es eine Fortsetzung geben wird? Das kann ich nicht versprechen, möchte ich aber auch nicht ausschließen – tatsächlich habe ich bereits mit einer Geschichte begonnen, die das Geschehen aus *Faule Ladung* aufgreift und weitererzählt.

Kleiner Tipp: Abonnieren Sie meinen Blog oder schreiben Sie sich für meinen Newsletter ein, dann bleiben Sie immer auf dem neuesten Stand.

Weitere Bücher des Autors:

Drei Dinge sind über jeden Zweifel erhaben.
Erstens: Sohlenpeins Schuhe sind sehr geschwätzig.
Zweitens: Gartenzwerge schmecken hervorragend als Gulasch.
Drittens: Klabauter sind immer blau.

Professor Adalbert Heimlich ist ein Meister seines Faches. Seine Erkenntnisse zu Sinn und Unsinn sind ein wesentlicher Bestandteil der wissenschaftlichen Lehre. Als jedoch ein Gossentroll verschwindet, und mit ihm die Farben einer Straße in Hamburg, steht auch der Sinngelehrte vor einem Rätsel. Gemeinsam mit Universalpräfekt Georg Zimperlich, seinem Assistenten Zumpfal und Doktor Tina Morgen (die bis zum Abend schläft, aber sicher kein Vampir ist) macht er sich auf die Suche nach dem fiesen Farbendieb.

Inklusive exklusivem Rezept für ein Gartenzwerggulasch!

PROFESSOR HEIMLICH und die Farbenleere

(Fantasy-Krimi-Satire)

Verlag ohneohren | 2016
ISBN: 9783903006805

»Mein Name ist Raphael. Ich bin äußerlich menschlich, tatsächlich aber ein Vampir. Ein Erzvampir, um die Dinge beim Namen zu nennen. Sie denken, die Menschen sind die Krone der Schöpfung? Falsch gedacht! Wir Erzvampire lenken das Schicksal der Welt, wurden bereits vor Jahrtausenden als Hüter des Gleichgewichts ernannt – und das aus gutem Grund. Manche Unsterbliche kennen nur die Sprache der Gewalt. Andere treibt die Gier nach Macht in den Wahnsinn. Einige schrecken auch nicht davor zurück, Weltkriege zu entfesseln. Und vom drohenden Zeitenwandel will ich gar nicht erst anfangen. Ich sehe schon, so wird das nichts. Also alles der Reihe nach.«

Persönlich und pointiert erzählt RAPHAEL von epischen Feindschaften, skurrilen Begebenheiten, sinnlichen Momenten und räumt mit allen Vorurteilen gegenüber Blutsaugern auf. Denn in Wahrheit sind Vampire vor allem eins: die Beschützer der Menschheit …

RAPHAEL – Der Zeitenwandel
(Urban Fantasy, humorvoller Vampirroman)

Books on Demand | 2015
ISBN: 9783739218571

Markus hat kein leichtes Leben. Seine Exfreundin tyrannisiert ihn, sein bester Freund will ihn mit einer Klassenkameradin verkuppeln und sein Bruder lässt keine Gelegenheit aus, ihn zu demütigen. Dennoch könnte Markus ein gewöhnlicher 17-Jähriger sein, wenn da nicht sein wiederkehrender Traum wäre. Darin schlüpft er in die Rolle eines Soldaten und durchlebt mit ihm eine episch-fantastische Schlacht. Beim Erwachen weist er dieselben Verletzungen auf wie der Krieger.

Als der Schulbus mit einem unbekannten Wesen kollidiert, ein Brand die Schultoiletten verwüstet und eine geheimnisvolle Sekte auftaucht, wird Markus klar, dass seine nächtlichen Visionen weit mehr sind, als bloße Träume. Gemeinsam mit seinen Freunden bleibt ihm nichts anderes übrig, als sich seinem Schicksal zu stellen – denn inzwischen steht nicht nur sein Leben auf dem Spiel, sondern die Existenz einer ganzen Welt …

DER RISS – Träume
(All Age Urban Fantasyroman)

Books on Demand | 2015
ISBN: 9783738617375

KABINE 14 (Thriller)
nominiert für den
Friedrich-Glauser-Preis 2014
Sparte "Debütroman"

Berenkamp Verlag | 2013

ISBN: 9783850933070

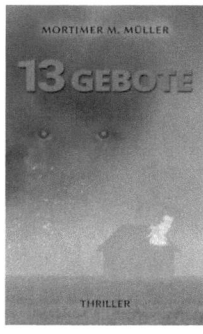

13 GEBOTE (Thriller)
kann als Einzelwerk oder
Nachfolgethriller zu KABINE 14
gelesen werden

Books on Demand | 2015

ISBN: 9783734756085

EINÖDE 12 – Endzeit / Neubeginn (Thriller)
nach KABINE 14 und 13 GEBOTE
das fulminante Finale der
Zahlenthriller-Reihe

Books on Demand | 2017

ISBN (Endzeit): 9783744834582
ISBN (Neubeginn): 9783746032207